一夫一妻的婚姻制就像
一头搁浅的巨鲸，
它的身体已经膨胀，
它腐烂的残骸发出冲天恶臭，
你越快逃离它越好。

读客彩条外国文学文库

熊猫君激发个人成长

成为男人

[美]妮可·克劳斯 著　王一凡 译

NICOLE KRAUSS

TO BE
A MAN

北京日报出版社

图书在版编目（CIP）数据

成为男人/（美）妮可·克劳斯著；王一凡译. --
北京：北京日报出版社，2024.4
ISBN 978-7-5477-4662-2

Ⅰ.①成… Ⅱ.①妮…②王… Ⅲ.①短篇小说－小说集－美国－现代 Ⅳ.① I712.45

中国国家版本馆 CIP 数据核字（2023）第 168548 号

TO BE A MAN Copyright © 2020 by Nicole Krauss
Simplified Chinese translation rights arranged with Melanie Jackson Agency, LLC through Andrew Nurnberg Associates International Ltd. .
Simplified Chinese edition copyright © 2024 by Dook Media Group Limited.
All rights reserved.

中文版权 © 2024 读客文化股份有限公司
经授权，读客文化股份有限公司拥有本书的中文（简体）版权
图字：01-2023-5528号

成为男人

作　　者：	［美］妮可·克劳斯
译　　者：	王一凡
责任编辑：	胡丹丹
特约编辑：	张靖雯　　高　洁　　夏文彦
封面设计：	陈艳丽　　梁剑清
出版发行：	北京日报出版社
地　　址：	北京市东城区东单三条8-16号东方广场东配楼四层
邮　　编：	100005
电　　话：	发行部：（010）65255876
	总编室：（010）65252135
印　　刷：	河北中科印刷科技发展有限公司
经　　销：	各地新华书店
版　　次：	2024年4月第1版
	2024年4月第1次印刷
开　　本：	880毫米×1230毫米　1/32
印　　张：	7
字　　数：	146千字
定　　价：	59.90元

版权所有，侵权必究，未经许可，不得转载
凡印刷、装订错误，可调换，联系电话：010-87681002

献给莎夏和塞

致谢

对以下刊物表示衷心的感谢,这些故事最初是在这些刊物上发表的:

《未来危机》,最初发表于《时尚先生》杂志(*Esquire*),2002年11月1日;入选《美国最佳短篇小说》,由卡特琳娜·凯尼森和沃尔特·莫斯利编辑(2003年)。

《花园中》,最初以《光的排列》的篇名发表于文学网站 Byliner.com,2012年8月。

《我睡着了可我的心醒着》,最初发表于《新共和》杂志(*The New Republic*),2013年12月30日。

《屋顶上的朱西亚》,最初发表于《纽约客》,2013年2月4日。

《看到厄沙迪》,最初发表于《纽约客》,2018年3月5日;入选《美国最佳短篇小说》,由安东尼·多尔和海蒂·皮特洛尔编辑(2019年)。

《瑞士》,最初发表于《纽约客》,2020年9月。

《成为男人》,最初发表于《大西洋》,2020年10月1日。

目 录

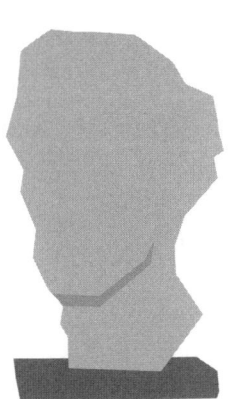

瑞士 —————————— 001

屋顶上的朱西亚 —————— 020

我睡了可我的心醒着 ———— 037

终结日 —————————— 056

见到厄沙迪 ———————— 088

未来危机 ————————— 108

恋爱 ——————————— 125

花园中 —————————— 137

丈夫 ——————————— 153

成为男人 ————————— 193

瑞士

我有三十年没见索拉雅了。在此期间，我只试着找过她一次。我想我是害怕见到她，害怕去试着理解她的，因为如今我年岁长了，也许能理解她了，我猜这就相当于说我害怕我自己：害怕我在理解之后可能发现的真相。岁月流逝，我想起她的次数越来越少。我上了大学，接着读了研究生，比自己预料的更早结婚，并间隔仅仅一年就生下了两个女儿。若我在脑海中想起了有关索拉雅的一丝一毫，那她也只是在一连串变幻莫测的联想中飞闪而过，再同样飞快地消失不见。

我是在十三岁时认识索拉雅的，那一年，我们全家出国去了瑞士。若不是父亲曾明确告诉我们"谁也不要信，谁都要怀疑"，那我们家的家训大概应该是"凡事都往最坏处想"吧。我们住在一处悬崖边，但我们家的房子非常壮观。我们是欧洲犹太人，也就是说，灾难曾降临到我们头上，并可能再次降临，即便在美国也不例外。我的父母对彼此暴力相向，他们的婚姻始终处于崩溃的边缘。经济危机日渐逼近；我们接到警告，说我们的房子很快将被卖掉。父亲在长年累月、日复一日地与我的祖父咆哮争吵后，离开了家族企业，从那以后，我们便没有了收入。父亲重返校园时，我两岁，我哥哥四岁，我妹妹还没有出生。父亲读完预科课程后，进入哥伦比亚大学医学院，接着成为特种外科医院的骨科住院医师，可那到底是什么样的特种外科，我们也不知道。在十一年的培训生涯中，我父亲在急诊室值了无数夜班，处理了无数伤情可怖的受害者：有因车祸受伤的，有因摩托车事故受伤的，还碰到过一次哥伦比亚航空公司的空难幸存者，一架开往波哥大的飞机俯冲到了奈克湾的一座小山上。他在内心深处也许迷信地认为，只要他每天晚上与恐惧对抗，也许就能使他的家人远离恐惧了。可九月一个狂风暴雨的下午，我的祖母在第一大道和第五十街的街角处被一辆超速的货车撞倒，车祸引发了脑出血。父亲赶到贝尔维尤医院时，他的母亲正躺在急诊室的担架上。她捏了捏他的手，随即陷入昏迷。六周后，她去世了。此后不到一年，父亲结束住院医师生涯，带着我们举家搬到瑞士，在这里，他成为一名急救科的进修医生。

瑞士——这个中立、有序的阿尔卑斯山区国家——竟然拥有全世界最好的急救医院，这似乎有点自相矛盾。那时候，瑞士全国有一种疗养院或者说避难所的氛围。它虽然没有带软垫的墙壁，但它有能让一切变得安静柔软的白雪，直到这么多个世纪之后，瑞士人说话还是会下意识地压低嗓门儿。又或者，这正是原因所在：一个格外痴迷于储备与规则、钟表制造、便捷的铁路交通的国家，当然也会在拯救残肢断体方面拥有优势。瑞士还是个多语种的国家，这一点也使得我哥哥和我意外跳出了这个气氛阴郁的家庭。我们原本要去的学校在巴塞尔，巴塞尔是说瑞士德语的，可母亲坚持认为我们应该继续说法语。瑞士德语与德语只有分毫之差，而母亲是坚决不允许我们跟德语沾上任何关系的，因为我们的外祖母说的就是德语，而她全家都被纳粹杀害了。于是，我们改去了日内瓦的国际学校。我哥哥住进学校宿舍，可我才刚满十三岁，年龄不够。为了保护我不受德语荼毒，他们在日内瓦西郊替我找到了解决的办法，一九八七年九月，我成了英语代课老师爱德菲尔德太太家的借宿生。她的头发被染成稻草一样的黄色，玫瑰色的脸颊一看就知道她从小是在潮湿气候中长大的，可她还是很显老。

我的小卧室有扇窗户，正对着一棵苹果树。我到那儿的第一天，红彤彤的苹果落在树的周围，在秋日的阳光下腐烂着。我的房间里有一张小桌子、一把阅读椅和一张床，床脚有一条折好的灰色羊毛行军毯，旧得应该至少经历过一次世界大战。门槛边的棕色地毯被磨得只剩下了绳子。

大厅尽头的卧室里住着另外两个借宿生，都是十八岁。我们三个人的窄小床铺曾经属于爱德菲尔德太太的儿子们，可在我们来之前很久，他们就已经长大成人，搬走了。家里也没有这几个儿子的照片，所以我们一直不知道他们长什么样，可我们不会忘记，他们睡过我们的床。爱德菲尔德太太已经离家的儿子们和我们之间，有了这样一种"肉体上"的联系。家里也从没人提过爱德菲尔德太太的丈夫——如果她有过丈夫的话。她不喜欢别人问她私人问题。睡觉时间一到,她就一言不发地关掉我们的电灯。

住进房子的第一天晚上,我坐在那两个大女孩房间的地板上,周围是她们一堆堆的衣服。她们还在自己家时,喜欢喷一种叫"黑色达卡"的廉价男士香水。强烈的香味渗进了她们的衣服,可对我来说,那种气味很陌生。它跟她们身体散发出的热量和皮肤分泌的化学物质混合在一起,变得芬芳而柔和,但时不时也会因为积累在床单和换下来的衬衫上而变得浓烈,以至于爱德菲尔德太太非要打开窗户,让冷冽的空气再次把一切吹散。

我听着这两个大女孩用我听不懂的暗语谈论她们的生活。她们笑我幼稚,但对我一直很友善。玛丽是从曼谷经由波士顿而来,索拉雅是从德黑兰经由巴黎第十六区而来;索拉雅的父亲曾是伊朗的皇家工程师,革命爆发后,他们全家开始流亡,他们来不及收拾索拉雅的玩具,却来得及转移大部分的流动资产。狂野的个性——滥交、寻求刺激、桀骜不驯——让这两个女孩最终都来到了瑞士,再接受一年的学校教育,即一个她们俩都从未听说过的第十三学年。

我们往往天不亮就动身上学。我们要穿过一片田地才能走到公交车站,十一月,田里覆满白雪,收割后剩下的棕色麦茬儿像剑一样从雪里伸出来。我们总是迟到。我总是唯一吃过早饭的人。有的人的头发总是湿的，发尾总是结着冰。我们挤成一团躲在棚子下，吸着索拉雅喷出来的二手烟。公交车会经过亚美尼亚人的教堂，把我们送到橘黄色的电车站。接下来，我们还要坐很久的电车，去城市另一端的学校。因为课程安排不同，我们回家时是分开坐车的。只有第一天，在爱德菲尔德太太的坚持下，玛丽才和我约着一起回家，可我们坐电车时弄错了方向，竟坐到了法国。从那以后，我就搞清楚了路线。通常，我会在中途停一下，去电车站旁边的烟草店，从敞开式的柜台里给自己买点糖果，然后再去搭公交车。我母亲总说，那些柜台上爬满了来自陌生人的细菌。

我这辈子从未如此开心、如此自由过。我逃离的不仅是让我难受且焦虑的家庭，还有在家时上的那所令人痛苦的学校，以及学校里小肚鸡肠、歇斯底里、残忍到无人能及的女生们。那时候我还太小，不能考驾照，所以我没有办法逃离，只能看书或在我家后面的森林里散步。而现在，放学后，我可以在日内瓦城里晃荡好几个钟头。我从没有目的地，但我经常走到湖边，在那儿看来来往往的游船，或者给我看到的人编出各种各样的故事，尤其是那些在长椅上卿卿我我的人。有时候，我会去海恩斯－莫里斯店里试衣服，或在旧城区四处溜达，我总是被吸引着回到壮观的宗教改革纪念碑前，那些高高耸立的新教徒的石像无不带着神秘莫测的表情，他们的名字我只记得约翰·加尔文了。当时我还没有听说过博尔赫斯，可那段日子是我这辈子与他最接近的时候，这位阿根廷作家一年前在日内瓦去世，他留下遗嘱，要求葬在这座接纳了自己的城市里，他在一封信中解释说，这是因为他在这里总能感觉到"不可思议的快乐"。多年后，一位朋友送给我一本博尔赫斯的《地图册》，我惊讶地看到，书中一张巨幅照片上正是我以前经常去探访的那些表情忧郁的巨人，他们都相信宿命论和上帝的绝对权威。照片里，约翰·加尔文微微前倾，低头注视着双目失明的博尔赫斯，而博尔赫斯拿着拐杖，坐在石阶上，抬起下巴。这幅照片似乎在说，约翰·加尔文和博尔赫斯之间有着某种重要的关系。约翰·加尔文和我没有任何关系，可我也曾坐在那石阶上仰望过他。

我闲逛时，有时会有男人毫不避讳地盯着我，或用法语向我献殷勤。这些短暂的邂逅让我尴尬不已，事后也总会有种挥之不去的羞耻感。有一次，我站在一家巧克力商店外看着它的橱窗时，一个穿着漂亮西装的男人走到我身后。他向前俯身，脸挨到了我的头发，他用带着些许口音的英语悄声说："我能用一只手把你折成两半。"说完，他继续走路，显得非常平静，如同一艘在平静水面上航行的小船。我吓得一路跑到电车站，站在那儿喘得上气不接下气，幸好电车来了，尖叫着进站停下。

爱德菲尔德太太要求我们六点半准时出现在餐桌旁。她座位后面的墙上挂着一幅幅小油画，画上是阿尔卑斯山的风景，直到今天，每当我看到瑞士小木屋、挂铃铛的奶牛或穿着格子围裙摘莓果的小姑娘的画面时，还会想起鱼和煮土豆的香气。晚餐时几乎没人说话。又或者，只是因为我们在后面的卧室里说的话太多了，对比之下才显得如此。

玛丽的父亲是在曼谷认识她母亲的，当时他是个美国大兵，他把她带回美国，用一辆凯迪拉克赛威车和一个农场，让她在马里兰州的银泉安顿下来。两人离婚后，她母亲回到曼谷，她父亲搬去波士顿，接下来的十年间，玛丽被这两人塞来塞去。最后几年，她完全是跟母亲住在曼谷的。玛丽在曼谷交了个男朋友，满心猜忌地疯狂爱着他。她整夜不回家，跟他一起去夜总会跳舞、喝酒或吸大麻。玛丽的母亲同时也忙于跟自己的男友交往，她对此束手无策，只好将这个情况告诉了玛丽的父亲。父亲把她从泰国拽回来，送到了瑞士，而瑞士最出名的正是能改造女孩狂野阴暗一面、将她们打造为端庄淑女的"礼仪学校"。日内瓦国际学校并不是这样的学校，但事实是，玛丽已经过了上正规礼仪学校的年龄。在那些学校看来，她已经完了。不是好的那种完了。于是，玛丽只能被送来日内瓦国际学校再读一年高中。除了爱德菲尔德太太的家规，玛丽的父亲也给她定下了严格的宵禁令，而在玛丽对爱德菲尔德太太的烹饪用酒也上瘾了之后，这些规定变得越发苛刻。正因如此，如果我周末不坐火车去巴塞尔看望父母，就经常和玛丽待在家里，但索拉雅是不在家的。

和玛丽不同，索拉雅不像个问题少女。至少她的问题不是那种鲁莽轻率的问题，那种完全不考虑后果、就是要打破别人为你设置的一切界限和束缚的问题。如果非要形容，索拉雅浑身散发着一种权威感。她很精致，这源于她内心的力量。她外表整洁，沉稳安静。她个子很小，不比我高，她把满头乌黑的直发剪成了她所谓的香奈儿式波波头。她的眼睛描着上翘的眼线，她的上唇长着毛茸茸的小胡子，可她从不遮掩，因为她一定知道这反而增添了自己的魅力。她总是压低嗓门儿说话，仿佛在商量什么秘密，这个习惯也许是她孩童时期在革命中的伊朗养成的，也许是在青春期养成的。在那段时间里，她对男孩以及后来对男人的兴趣迅速超过了家人认为可以接受的范围。每到周日，没什么事做的时候，我们仨便会整日待在后面的卧室里，关上房门听磁带，或是听索拉雅讲述曾经跟她在一起的男人以及她跟他们做过的事情。索拉雅本就低沉的嗓音因为抽烟变得更加深沉。她的讲述从未让我震惊，一部分原因在于我对性还没有足够切实的了解，更不用说情欲之类的，所以我也不知道我应该期待什么。还有一部分原因则是索拉雅在讲述这些事时冷淡的态度。她带着一种不容旁人置疑的气魄。但我猜，她是感觉到了，有必要考验自己内心深处的某种东西，那个东西跟所有天赋的才能一样，是不费吹灰之力就降临到她头上的，可如果她失败了，又该怎么样呢？她口中的性似乎和愉悦没有关系。恰恰相反，她仿佛在让自己屈从于一场审判。在那些不着边际的故事中，只有当她讲起德黑兰或是回忆起关于那座城市的往事时，她才会明显流露出愉快的神情。

十一月，初雪过后：那个商人出现在我们的谈话中时，应该已经十一月了。他是荷兰人，年龄是索拉雅的两倍，住在阿姆斯特丹一条运河边没有窗帘的房子里,他每隔两周会到日内瓦出差。他是个银行家,我记得。他家没有窗帘,我也记得,因为他告诉索拉雅,他和他老婆做爱的时候必须开着灯,确保绅士运河对面的人都能看到他的老婆。他曾经住在皇家酒店,索拉雅的叔叔带她去那家酒店的餐厅喝茶时,索拉雅第一次见到了他。他坐在几张餐桌开外,在索拉雅的叔叔用波斯语喋喋不休地说起自己的孩子们花了他多少钱时,索拉雅就一直看着这位银行家一丝不苟地给鱼剔骨。他精准地操纵餐具,脸上带着纯粹而宁静的表情,剔出了一副完整的鱼骨架。他的操作是完美的,不急不慢的,没有表现出一丝饥饿感。当他开始吃鱼以后,他没有一次停下来,像其他人吃鱼时那样从嘴里理出细刺。他不会被噎到,甚至都不会因为喉咙里偶尔卡到一根小刺而瞬间露出龇牙咧嘴的难受表情。是怎样的男人才能把一种本质上暴力的行为变得如此优雅啊。索拉雅的叔叔去上厕所时,男人叫服务员拿来账单,用现金付了钱,扣好运动夹克的扣子,起身准备离开。可他没有直接走向通往酒店大堂的门,而是绕路经过索拉雅的餐桌,往桌上扔了一张五百法郎的钞票。钞票上,阿尔布雷希特·冯·哈勒[1]的脸旁边用蓝色墨水写着他的房间号,像是阿尔布雷希特·冯·哈勒向她提供了这条宝贵的信息。后来,当她跪在酒店床上,冷风从敞开的阳台门灌进来,将她吹得浑身冰冷时,银行家告诉她,他每次住酒店

---

[1] 瑞士杰出的生理学家。

都要订这种能俯瞰湖景的房间，因为湖上喷泉直射几百英尺[1]高的强劲水流能激起他的性欲。索拉雅把这句话复述给我们时，她正躺在地板上，把脚搭在曾经属于爱德菲尔德太太的儿子的单人床上，笑到不能自已。笑归笑，但她和他还是做好了安排。从那以后，如果银行家想让索拉雅知道自己要来了，就往爱德菲尔德太太家打电话，谎称是她的叔叔。索拉雅把那张五百法郎的钞票放进了自己床头柜的抽屉里。

那段时间，索拉雅还在跟别的男人约会。一个是跟她年龄相仿的男孩，是个外交官的儿子，总开着父亲的跑车来接她，后来这辆车的变速器在他们开车去蒙特勒时被毁了；另一个则是二十岁出头的阿尔及利亚人，在学校附近的餐厅当服务员。索拉雅跟外交官的儿子上过床，但只允许真心爱她的阿尔及利亚人跟她接吻。他跟加缪一样，从小在贫穷中长大，所以索拉雅在他身上投射了一种幻象。然而，当他对着照耀自己长大的太阳并没有任何话可说时，索拉雅便开始对他失去了感觉。这听起来很冷漠，可我自己后来也体会到了：那种突然的疏离是因为你恐惧地意识到，曾与你那般亲密的人压根儿不是你想象中的那个人，而是另一个完全陌生的人。所以，当银行家要求索拉雅同外交官的儿子和阿尔及利亚人断交时，索拉雅很轻松地照做了。这正好让她有借口不用为阿尔及利亚人的痛苦负责。

---

[1] 英美制长度单位，1英尺约合0.3米。

那天早上，在我们准备出门上学前，电话铃响了。银行家告诉她，等她跟两个情人彻底断绝关系后，她就得穿上裙子去见他，裙子里面什么都不要穿。我们穿过冰封的田地，朝公交车站走去时，她把这件事告诉我们，我们哈哈大笑。这时，索拉雅突然停下脚步，用手挡着风，点燃了打火机。在火苗的光亮中，我看到了她的眼睛，我第一次为她感到害怕。又或者，是对她感到害怕。我害怕她所缺失的东西，又或是害怕她所拥有的东西，那种东西驱使她跨过了别人都不会跨过的底线。

索拉雅只能在白天特定的时间，用学校的公用收费电话给银行家打电话，哪怕这意味着她要在上课途中找借口出来。她到了他们约好见面的皇家酒店后，前台会有一个信封等着她，里面详细指示她进入房间后该做什么。我不知道，如果她没有遵照银行家的指示，或没有严格按照他的标准去执行这些指示会怎么样。当时的我想象不到，她也许是会允许自己接受惩罚的。我还是个孩子，头脑简单，我想那时我的理解是，她在玩一个游戏，一个她随时可以拒绝玩下去的游戏。她比任何人都更清楚，打破规则有多容易，可她偏偏在这件事上，选择了遵守规则——当时的我怎么可能明白这一点呢？我不知道。就好像三十年后的我也不知道，在她那双被火苗照亮的眼睛里，我看到的到底是堕落、鲁莽、恐惧，还是与之相反的东西，即她天生顽强的意志力。

圣诞节假期，玛丽坐飞机去了波士顿，我回巴塞尔跟家人在一起，索拉雅回到了她在巴黎的家。两周后，我们再回来时，索拉雅有些不一样了。她似乎变得沉默、内向，大部分时间都躺在床上听随身听，看法语书，或对着窗外抽烟。电话一响，她便跳起来去接，如果是找她的，她就会关上门讲电话，有时好几个钟头都不出来。玛丽到我房间来的次数越来越多，因为她说待在索拉雅身边让她有点毛骨悚然。我们俩躺在我窄窄的床铺上，玛丽跟我讲曼谷的故事，不管那些故事有多夸张，她总能自嘲地哈哈大笑，也逗得我哈哈大笑。回想起来，我认为玛丽教会了我一件事，从那以后，无论我忘记它多少次然后又记起，它都不曾真正离开我：那就是，我们都需要一些夸张的经历来证明自己充实地活着，这很荒谬，但也很真实。

那一年，从一月到四月，我记得的大都是发生在我自己身上的事。我跟一个名叫凯特的美国女孩熟络起来，她是她家四姐妹中的老大，住在尚佩区一幢大房子里，她给我看了她父亲收藏的《花花公子》杂志。爱德菲尔德太太的邻居家有个小女儿，有时他们会找我临时去帮忙照看一下，有天晚上，她突然从床上坐起来尖叫，因为汽车的车灯照在墙上，那里有一只螳螂。我放学后总喜欢在外面走很久。在巴塞尔过周末时，我总陪着我的小妹妹在厨房做游戏，好让她远离父母的争吵。还有我们班一个叫沙立夫的男生，他的脸上总带着亲切的笑容，有天下午，我跟他一起走到湖边，坐在长椅上亲热。那是我第一次跟男孩子接吻，他把舌头塞进我嘴里，感觉既温柔又暴力。

我用手指甲掐他的后背，他吻得更用力了，我们在长椅上扭作一团，就像我有时从远处偷偷观察的那些情侣一样。坐电车回家时，我闻到自己身上有他的气味，一想到第二天还要在学校见到他，我突然被恐惧感牢牢摄住。第二天见到他时，我的目光直接越过了他，当他不存在似的，可当我的视线温柔地重新聚焦后，我还能从眼角看到他伤心的模糊的身影。

在那段时间里，我还记得，有一次我放学回家，正好看到索拉雅在浴室的镜子前化妆。她的双眸闪闪发亮，似乎又开心又轻松，她已经好几个星期不曾如此了。她把我叫进浴室，想给我梳头发、扎辫子。她用来放磁带的随身听就搁在浴缸边上，保持着平衡，当她的手指梳过我的头发时，她跟着磁带一起唱了起来。可就在她转身去拿身后的一枚发夹时，我看到了她脖子上的紫色瘀痕。

然而，我从不曾真正怀疑她的力量，从不曾怀疑一切都在她的掌控之中，她做的正是她自己想做的。她是按照她同意的规则，甚至可能是她自己定的规则来玩这个游戏的。可如今回想起来，我才意识到，我只是太希望她真就是那样了：意志坚定、自由自在、刀枪不入、百毒不侵，谁的命令也不听，只听自己的。我在日内瓦独自漫步时，便已领悟到，与吸引男人的魅力同时存在的，一定是令人恐惧的脆弱。但我更愿意相信，凭借强大、无畏或别的什么我说不出来的东西，力量的天平其实也可以朝某一方倾斜。跟银行家开始交往后没多久，索拉雅告诉我们，有一次，银行家的妻子把电话打到酒店，银行家让索拉雅到浴室去，可她不肯去，非要躺在床上听他们讲话。赤身裸体的银行家转过身，背对着索拉雅，他别无选择，只得继续跟妻子通话，这个电话是他完全没有预料到的。索拉雅说，他跟妻子说的是荷兰语，可语气却跟她家族里的男人们和他们的母亲说话的语气一样：很严肃，还带着一丝恐慌。她听着听着就明白了，有些他本不希望暴露的事情已经暴露，他们之间的平衡被打破了。我更喜欢用这个故事来解释索拉雅脖子上的瘀痕，如果非要说我有什么喜欢的故事的话。

　　五月第一周的某一天，她没有回来。拂晓时分，爱德菲尔德太太把我们叫醒，要求我们告诉她我们知道的任何有关索拉雅下落的信息。玛丽耸耸肩，看着自己手上斑驳的指甲油，我明白了她的暗示，也没有作声。最后，爱德菲尔德太太说要给索拉雅的父母和警察打电话，还说如果她真的出了什么事，如果她身陷险境而我们又什么都不说的话，那他们一定不会原谅我们，我们也不会原谅自己的。玛丽面露惊恐，我看着她的脸，开始哭了起来。几个钟头后，警察来了。我独自跟警探和他的搭档坐在厨房里，将我知道的一切一五一十地告诉了他们，说着说着——我乱了头绪，犯起了迷糊——我这才意识到，其实我知道的并不多。他们审问完玛丽后，去了后面的卧室，把索拉雅的东西翻了个底朝天。翻完后，卧室像被洗劫过一样：所有的东西，甚至她的内衣，都被扔到了地上和床上，带着被侵犯过的气味。

那天晚上,也就是索拉雅失踪的第二个晚上,狂风暴雨。玛丽和我都躺在我的床上,没有睡着,我们谁也不说在害怕什么。到了早上,汽车轮胎压过碎石路面的嘎吱声把我们惊醒,我们跳下床,朝窗户外望去。可当出租车的车门打开时,下车的却是个男人,他浓密的黑色小胡子下,嘴唇紧紧抿着。从索拉雅的父亲身上,我看到了一些熟悉的特征,(这些特征)揭开了有关索拉雅身世的真相,也暴露了她的自主权只不过是个假象。

爱德菲尔德太太让我们把跟警察说过的话再向萨撒尼先生复述一遍。他个头很高,令人望而生畏,他的脸因为愤怒挤作一团,我猜爱德菲尔德太太没有勇气单独面对他。最后,在新获得的权威身份与要传达的消息耸人听闻的程度的鼓励下——玛丽壮着胆子说了起来,大部分话都是她说的。萨撒尼先生默不作声地听着,我无法判断他是害怕还是暴怒。应该两者皆有吧。他转身朝门口走去。他想立刻去皇家酒店。爱德菲尔德太太试着让他冷静下来。她重复着已知的事实:银行家两天前就退房了,警察搜查了房间,什么也没找到。警察正在尽一切努力。银行家租了辆汽车,他们正在想办法追踪。我们唯一能做的,就是在这儿等消息。

接下来的几个钟头,萨撒尼先生在客厅的窗户前阴郁地来回踱步。在担任伊朗皇家工程师期间,他一定用尽办法避免房屋发生各式各样的崩塌。可突然间,伊朗国王本人塌了台,萨撒尼先生庞大而错综复杂的人生观分崩离析,仿佛在嘲笑所谓的安全法则。他把女儿送到瑞士,是因为瑞士对重建秩序和安全的承诺,可就连瑞士也没能保护索拉雅的安全,这样的背叛似乎让他无法接受。他好像随时都要尖叫或大喊出来了。

最后,索拉雅自己回了家。自己一个人——就像最开始她也是自己一个人卷进了这摊事,自己一个人做出了选择一样。那天傍晚,她穿过刚抽出嫩芽的田地,出现在门口,虽然衣冠不整,但到底是回来了。她眼里布满血丝,眼睛周围的妆都花了,可她很冷静。见到父亲时,她甚至没有表现出丝毫惊讶,只有在他吼出她的名字时,才咧了咧嘴,他吼出的最后一个字被淹没在喘息声或啜泣声中。他猛地冲向她,有那么一瞬间,他像是要冲着她大吼或抬起手打她了,可她没有躲闪,他把她拉到自己怀里,泪流满面地抱住她。他用波斯语急切地跟她说着什么,很是生气,她没有还嘴。她用英语说,她累了,她要睡觉。爱德菲尔德太太用高得不正常的音调问她想不想吃什么。索拉雅摇摇头,仿佛我们谁也给不了她所需要的,她转身走向通往后面卧室的长走廊。从我身边经过时,她停下脚步,伸出一只手,摸了摸我的头发。接着,她又非常缓慢地继续往前走。

她父亲把她带回了巴黎。我不记得我们有没有道别。我想,玛丽和我,我们以为她还会回来的,她还会回来上完这一年的课,并把发生的一切告诉我们。可她再也没有回来。她让我们自己去想象她身上到底发生了什么,在我的脑海中,我看见了她在摸我头发的那一刻露出的悲伤笑容,我相信我所见到的是一种优雅:是把自己推到危险边缘,直面阴森和恐怖,但最终获胜的优雅。

六月底,我父亲结束了进修医生生涯,成为急救科的专家医生,他带着我们又搬回了纽约。九月,我回学校上课时,学校里那些刻薄的女生对我产生了兴趣,都想跟我做朋友。在一个派对上,有一个女生绕着我转了一圈,我冷静地站着,一动不动。她感叹我的变化,对我在国外买来的衣服艳羡不已。我去过外面的世界,然后又回来了,尽管我什么也没说,但她们察觉到,我已经知道了一些事情。有一段时间,玛丽给我寄来她自己录的磁带,上面是她跟我说的话,告诉我她生活中发生的一切。可后来,我没再收到磁带,我们失去了联络。对我来说,这便是瑞士生活的终结。

在我的心中,这也是有关索拉雅故事的终结:我说了,我再也没有见过她,我只试着找过她一次,那年夏天我十九岁,就住在巴黎。但我只是随便找了一下——我给电话簿里的两户姓萨撒尼的人家打去电话,然后就放弃了。当时,我住在舍弗勒斯路的公寓,街对面的餐馆里有个洗盘子的年轻人,我曾坐上他的摩托车,跟着他一起去了他在城郊的公寓;在他家的沙发上看了一场电影,看完后,他对我说,跟着不认识的男人去他家是很危险的,说完,他骑摩托车把我送回了我的公寓,一路上一言未发。我也跟住在我楼下的男人一起去过酒吧,他比我大,在一家夜总会当经理,他总是喋喋不休地跟我说起他的工作，但我知道他永远不会帮我在那儿找事做的。我们回到公寓楼，走到他房门前的楼梯平台时，他突然朝我猛扑过来，把我紧紧抱在怀里。我都不知道自己是怎么挣脱的，我往上跑了一层楼，回到自己的公寓，才感觉到安全。只是在那个夏天剩下的日子里，我总害怕会在楼梯处遇到他，每次我鼓起勇气打开门之前，都要先听听有没有他进出的声音，再闪电般地冲下楼。如果没有索拉雅，我也不知道我还会不会做出这些事。我告诉自己，我之所以做这些事，是因为我是来巴黎练习法语的，我下定了决心，只要有人愿意对我开口，我就要同他说话。一整个夏天，我清醒地意识到，索拉雅也许就在我附近，就在这城市的某个地方，我是如此靠近她，也靠近自己内心深处的某个东西，那个东西吸引着我，也让我有一点点害怕，就跟索拉雅一样。在那场游戏中，她比我知道的任何一个人都走得更远，只是，那场游戏从来不仅仅是个游戏，它关乎力量与恐惧，关乎拒绝屈服于人与生俱来的软弱。

　　我自己在那场游戏中也没能走得很远。我想我还是缺少勇气，那年夏天后，我再也没能那般勇敢而无所顾忌。我交了一个又一个男朋友，所有的男朋友都很温柔，也都有一点点怕我；再后来，我结了婚，生了两个女儿。大女儿继承了我丈夫沙褐色的头发；如果她在秋天走进麦田，真有可能眨眼就不见。而小女儿无论走到哪里，都是最耀眼的。她的成长和发育似乎与周围的一切形成了鲜明对比。认为一个人能选择自己的长相，这是一个错误的甚至是危险的想法。但我敢发誓，我的女儿一定跟她自己那引人注目的黑头发和绿眼睛脱不了关系，哪怕是和别的小孩一起站在合唱团里，她也总能脱颖而出。她还只有十二岁，个头还很小，但走在街上或坐地铁时，就已经有男人打量她了。她从不像她的朋友们那样弓起背，戴上衣服的兜帽，或用耳机把脸遮起来。她像一位女王，一动不动，站得笔挺，但这只会让她越发成为那些人痴迷的目标。她自带骄傲的气质，不愿低调，如果只是这样，也许我还不用为她担惊受怕。真正让我害怕的是她自身力量中的那股好奇心，以及它的范围和界限。但事情的真相也可能是，在我不为她担心时，我其实是嫉妒她的。有一天我亲眼看到：地铁车厢对面有个穿西装的男人一直盯着她，那炙热的目光简直能在她身上烫出一个洞了；以及她又是怎么回盯那个男人的——她的目光充满了挑衅。如果她是跟朋友一起坐地铁，也许她还会把脸缓缓转向朋友，但视线却不会离开那个男人，她会说上几句话，引得朋友哈哈大笑。就在这个时候，我想起了索拉雅，从那以后，我只能说，我被索拉雅缠上了。是的，我被她缠上了，原来你认识了一个人，半辈子之后，那相识的经历还能够发展、爆裂，并自己表现出来。索拉雅，她毛茸茸的小胡子，她上翘的眼线和她的笑声，她跟我们讲起荷兰银行家性欲大发的故事时那仿佛从五脏六腑深处传出的低沉笑声。他本可以用一只手把她折成两半，可他并没有，也许是因为她已经断了，又或是因为她是不会断的。

屋顶上的朱西亚[1]

脚下踩着防潮的柏油纸，站在一百一十街的二十三层的楼顶，怀里抱着刚出生的外孙——他是怎么到了这儿的？这事不简单，他的父亲会这么说。简单就不是他们家的传统。

具体说来，布罗德曼已经死了两周了，可突然，很不幸地，他又回到了这个世界，这个他花了五十年时间努力想要写几本无用之作的世界。他肠子里有个肿瘤，手术后出现了并发症。他在轮床上躺了十五天，接着呼吸机以及让各种各样的液体进出他身体的袋子，他仿佛中世纪的骑士，与双侧肺炎进行着殊死搏斗。有两周时间，布罗德曼命悬一线，在生死间徘徊。他就像《利未记》里的那幢房子，饱受祸患侵扰：他被刮得干干净净，一块砖一块砖地被拆开来。也许有用，也许没用。祸患也许会消失，但也许早已扩散到了他的全身。

在等待最终审判时，他做了很多疯狂的梦。那些幻觉啊！

---

[1] 犹太教的一位神秘学家。

在药物的作用下，他体温飙升，他梦到自己成了反赫兹尔[1]分子，从东海岸到西海岸，向无数听众宣传讲演，电视、电台同步转播，盛况空前。约旦河西岸的一位拉比对他发出宗教裁决，某位犹太赌场大亨悬赏一千万美元要取他项上人头。布罗德曼以叛国罪遭到追杀，被人藏在德国内陆的一处安全屋内。窗外，他能看到延绵起伏的群山——是巴伐利亚，还是威悉山区？为了他好，没人告诉他细节，免得他情绪崩溃，非要给他的妻子米拉或他在古什埃齐翁[2]的律师查南·本·兹维拉比打电话。如果他真的给拉比打了电话，他该说什么呢？我投降了，来抓我吧，走左边的第三条土路，经过布伦希尔德[3]边唱《雪绒花》边挤奶的奶牛场后，就能找到我，别忘了带上你的冲锋枪。又或者，拉比早已计划好了，要用切肉刀割开布罗德曼的喉咙？

在德国的安全屋里，他向布伯[4]、阿奇瓦[5]拉比和哥舒姆·舒勒姆[6]征询高见，舒勒姆放松地躺在熊皮地毯上，挠着熊的耳后。他跟迈蒙尼德[7]一起坐在防弹汽车的后座，滔滔不绝地聊

---

1 Theodor Herzl，1860—1904，奥匈帝国犹太裔记者，发起了现代犹太复国主义运动。
2 Gush Etzion，耶路撒冷南部犹太人的一个定居点聚集处。
3 Brunhilde，也作 Brynhildr，是北欧神话中一个持盾女战士，也是女武神。
4 Martin Buber，1878—1965，犹太哲学家、翻译家、教育家。
5 Akiva，相传曾组织犹太人从罗马人手中夺回了耶路撒冷。
6 Gershom Scholem，1897—1982，犹太教神学家、历史学家。
7 Maimonides，1135—1204，中世纪著名的犹太哲学家、思想家、神学家和医生。

着。他看见了摩西·伊本·以斯拉[1]，听见了萨罗·巴伦[2]，他朝巴伦大喊着，挥舞双臂，想要驱散迷雾。他看不见他，但知道他就在那团旋转的星云中喘着粗气——萨罗·惠特迈耶·巴伦，那个通晓二十门语言并在艾希曼审判席上出庭做证的人，那个在西方世界的大学中第一个在犹太史研究领域获得一席之地的人。萨罗，你向我们展示了什么？

在高烧不退的那几个星期，他经历了巨变，获得了难以言喻的启发。布罗德曼摆脱了时间的束缚，在转瞬即逝的超脱状态中，看到了自己人生的真实形状，以及它是如何始终朝着责任的方向扭转的。不仅是他的人生，还有他的同胞们的人生——充满着背叛记忆、重重磨难和无尽等待的三千年的人生。

第十五天，他的高烧退了，他醒过来，发现自己好了。他的身体可以运转了，他又能多活一阵子了。根据《利未记》的记载，他还要做的只有一件事，那就是赎罪仪式，他需要两只鸟，一只用来献祭，另一只用来放生；一只要被杀掉，另一只则要被蘸上它同伴的鲜血，绕着房子弹洒七次，然后获得自由。多么神奇的死刑暂缓令啊！他每次读到这段时总会潸然泪下。但他要把活鸟放在城外田野里，这样为房子赎罪，房子就洁净了。

---

[1] Moses ibn Ezra，1060—1139，希伯来文诗人、评论家。
[2] Salo Wittmayer Baron，1895—1989，当代历史学家，美国大学里犹太历史学术研究的开创人。

他在幻觉中时，他唯一的外孙降生到了这个世界。布罗德曼在虚弱的状态中，半信半疑地觉得，是自己凭借精神力量完成了这次生产。他的小女儿露丝不喜欢男人。四十一岁时，她宣布自己怀孕了，布罗德曼总认为这是个圣母受胎般的奇迹。可快乐是短暂的。几个月后，他去做一次常规的血液检查，结果医生让他再去做一次结肠镜检查。就在小女儿预产期前一个半月，他被确诊肚子里也有个东西。如果他迷信，也许他会把这当作某种神秘的巧合。他大汗淋漓，痛苦呻吟，忍受着肠道可怕的剧痛，将一个意念中的孩子从充满质疑的狭窄产道中挤出来，让他降生人世。这个过程差点害死了他。不，是已经害死了他。他为那个孩子死了一次，接着，奇迹般地，他又被带了回来。为了什么呢？

一天清晨，他们挪走了呼吸机。年轻的医生站在他身边，为自己创造的奇迹感动得眼泪汪汪。布罗德曼吸进了两周来第一口真正的空气，它直冲他的大脑，让他头晕目眩，他拉着医生，拉得那么近，只看得见医生的牙齿，那么白，那么显眼又漂亮，那些牙齿是这个房间里最接近上帝的存在。他对着牙齿悄声说："我不是朱西亚。"医生不明白。他只好又说了一遍，他用力把这几个字从嘴里挤出来。最后，医生听清楚了。"当然不是，"医生一边安慰，一边挣脱了病人无力的抓握，轻轻拍了拍这只插着静脉注射管的手，"你是布罗德曼教授，你现在也还是。"

若不是因为他们切开过他的肚子，他只怕要放声大笑。这样的一个人能知道什么是懊悔呢？他也许都还没有孩子。从外表看，甚至可能还没有妻子。他面前有无数可能。他很快就会去喝杯咖啡，充满期待地开始新一天。而就在这个早上，他让一个人起死回生了！他能知道什么是荒废的人生呢？是啊，布罗德曼一直是布罗德曼，现在还是布罗德曼，可他又没能当好布罗德曼，就像朱西亚拉比没能成为他应该成为的人物一样。他还是个孩子时就知道那个故事了：朱西亚拉比死后，站着等待上帝的审判，他很羞愧自己不是摩西，也不是亚伯拉罕。可当上帝最终现身时，上帝只是问：“为什么你不是朱西亚？”故事到此结束，可布罗德曼想象出了剩下的内容：当上帝再次隐身之后，朱西亚独自一人悄声说道：“因为我是犹太人，所以我没有成为其他任何人的可能，就连成为朱西亚也不行。”

雨后清晨的阳光照进医院的玻璃窗，一只鸽子拍打着翅膀飞离窗台。玻璃上结了霜，遮住了街对面的砖墙，他只看见那只鸟向上飞去的变幻的身影。可他在自己的思绪中听到了它艰难拍打翅膀的声音，像个标点符号，比如白纸上醒目的逗号。他的头脑很多年都没有如此清晰、如此专注了。死亡清除了脑中所有无关紧要的琐事。他的思想现在有了不同的状态，并产生了敏锐的想法。他觉得，自己终于看清了一切的根本。他想告诉米拉。可米拉在哪儿？在他重病的漫长日子里，她一直坐在他病床边的椅子上，每天晚上只离开几个钟头去睡觉。在那一瞬间，布罗德曼突然反应过来，就在他死去的这段时间里，他的外孙出生了。他想知道：他们有没有给孩子取和他一样的名字？

很多年前他就退休不再教书了，大家都说他在写一部鸿篇巨著，总结一生的学术成果。可没人见过其中的一个字，流言蜚语开始在哥伦比亚大学的系里传开。自他有记忆以来，他就知道答案——他的人生如一艘小船，漂浮在智慧的汪洋大海上，而他只要用瓢去舀水就行了。他一直没有注意到那海里的水在缓慢蒸发，等他发现时，为时已晚。他不再理解。他很多年都无法再理解。每一天，他都待在公寓拥挤狭窄的房间里，坐在书桌前，到处摆满了他和米拉四十年前去新墨西哥州旅游时买来的各种廉价的部落工艺品。他坐了很多年，但什么也没写出来。他甚至想过写一本回忆录，但迄今为止只在笔记本上写下了他曾经认识的那些人的名字。以前的学生来拜访他时，他就坐在原始部族的面具下面，大谈特谈身为犹太历史学家所处的尴尬困境。犹太人很久以前就把历史写完了，他说。拉比们合上《圣经》的教规，是因为他们觉得他们的历史已经绰绰有余了。两千年前，神圣历史的大门就已关上，那是犹太人在其中尚有存在感的唯一历史。接着，狂热分子来了，弥赛亚主义[1]来了，野蛮残暴的罗马人来了，血流成河来了，火海来了，毁灭来了，最终，流放来了。从那时开始，犹太人决定活在历史之外。历史是发生在别人头上的，犹太人只等待弥赛亚的降临。与此同时，拉比们忙着保存犹太人的记忆，只有记忆，

---

[1] 犹太教核心信仰之一，它认为上帝会在历史终结之时降下救世主弥赛亚，令流散的犹太人返乡复国，实现救赎。

两千年来，那样的记忆足以支撑整个民族。所以，他算什么东西——他们都算什么东西——要来撼动这艘小船？

学生们听腻了陈词滥调，渐渐不再来了。露丝在他身边只能忍受十五分钟。而他的大女儿很久以前便跟他绝交了。她忙着在约旦河西岸挺身对抗以色列的推土机，偶尔休息时她会给家里打电话。可如果是他接的电话，而不是米拉，她便立马挂断，重新回到巴勒斯坦人身边。有那么一瞬间，他能听到她的呼吸声。"卡萝？"可回答他的只有电话忙音。他对她到底做过什么？他不是一个好父亲。可他真的那么差劲吗？他沉迷于自己的学术研究，将两个女儿完全交给米拉。这样的选择背后有什么深层原因吗？她们对他曾经有过的好奇渐渐消退。每天晚上睡觉前，米拉把她们紫铜色的头发编成辫子时，她们都会向母亲倾诉这一天的种种琐事，以及她们的胜利与失望。她们都不指望他参加这个仪式，也不想让他参加，于是，他躲在后面的房间里。卡萝出生后，这个房间就被改造成了书房。可被排除在外的现实总让他觉得既无能为力，又无关紧要，他日渐愤怒。后来，他一直在后悔自己说过的那些话。

但他的女儿们并没有被他吓倒。她们做着自己想做的事。他的孩子们并没有跟他一样，受到所谓孝道的枷锁的残害。布罗德曼是独生子，除了偶尔淘气让父母失望，他从不敢背叛他们。他们的人生就像一间纸牌屋，压在他背上。他的父亲是以古代语言学者的身份来到埃利斯岛的，离岛时便是希伯来语教师了。他的母亲在布朗克斯区给富裕的犹太人家庭当清洁工。

布罗德曼出生后，她不再工作，但在她脑子里，她一直在那些房间、楼梯、角落和走廊里到处游荡。在布罗德曼小时候，她还经常会在穿行于这些地方时迷路。一个孩子能明白他的母亲正在慢慢变糊涂吗？布罗德曼不明白。母亲被接走后，家里就只有他和父亲了。父亲严肃虔诚又一丝不苟地教给他那些他应该学的东西。每天拂晓，布罗德曼看着父亲在来自东方的清冷光线中祷告。他离家去上班时，总是弯着腰、弓着背，就像他教布罗德曼为希伯来文手稿画的那些弧形符号一样。这也是布罗德曼最爱父亲的时候，只是后来，他也会琢磨，他以为的爱是不是只是一部分的同情，再加上他想要让父亲不再受苦的心愿。

三个月后，他们把母亲带回了家，让她靠在枕头上，她眼前的风景只有天花板上的水渍。她脚踝上的浅青色皮肤绷得紧紧的，微微发亮。布罗德曼给她做饭，喂饭，然后在放着粘蝇纸的桌子上学习，细细听她的干咳声。父亲回家后，布罗德曼会把食物端上桌。吃完东西，他把桌上的油布擦干净，把希伯来语书拿下来，那些书的皮书脊都已经被翻得破破烂烂了。父亲的嘴唇翕动着，但不发出一点声音，他用指甲宽宽的手指搜寻着书里的内容。亚伯拉罕捆绑过儿子以撒一次，以撒便将自己永远捆绑起来。布罗德曼每天晚上睡觉前也会检查自己身上的捆绳，就像人们睡觉前再次确认房子的门窗有没有关好一样。当他离开公寓时，他会悄悄锁上身后的房门，他的背上背着他蓝色脚踝的母亲和弯腰驼背的父亲，以及他们葬身在松林边水沟里的父母。

可他的女儿们不是这样的。她们是不是察觉到了他所付出的代价,终究从他身上学到了教训?——他和他的那些古董书,以及他被肩上责任所阻碍的人生。在她们整个童年时期,祖父深褐色的脸一直在客厅的墙上痛苦地俯视着她们,可她们完全不为所动。她们转过身,朝着相反的方向轻快地走开了。她们不假思索地抛弃了他所珍视的东西。她们并不尊敬他。从卡萝那里,他得到的只有鄙视,而从露丝那里,他得到的只有冷漠。他曾因此暴怒,但在内心深处,他嫉妒她们捍卫自我的勇气。后来他才明白,她们并不比自己更幸福,也并不比自己更自由,只是明白得太晚。卡萝十九岁时被送进医院。他去看她时,她套着拘束衣被捆在床上。他低估了她的病情,还给她带去了一本阿格农的故事集。他尴尬又笨拙地将书放在桌子上。她抬头望着天花板,就跟以前他的母亲一样。

布罗德曼的头脑中从未体验过如此温柔。他没有这方面的基因——如果说这是由基因造成的话。又或者是,他已经让自己变得强硬,来抵御这种基因了。他的病是肉体上的,是可以被切割的。在他经历了艰难的剖腹手术之后,那病灶现在就放在某处医学实验室的罐子里,而他的外孙则由于早产四周,正待在某个恒温箱里。不,他没有糊涂,只是被这样对称的关系弄得不知所措了。他们都在慢慢恢复,布罗德曼在医院十一楼,他的外孙在六楼。布罗德曼是死而复生,他的外孙是刚刚出生。米拉就像国会助理,在他们俩之间来回奔波。探望的人来来去去。他们给婴儿带来毛绒玩具和小小的埃及棉连体衣，给布罗德曼带来的是不会引起肠胀气的水果和他压根儿没有精力看的书。

终于，在婴儿即将出院的那一天，布罗德曼的身体状况恢复到可以去见他的程度了。一大早，俄罗斯裔的护士就来给他用海绵擦澡。"我们洗干净去见外孙喽！"她一边唱着，一边用有力的手给他擦着。他低头一看，发现自己的肚脐没有了。他的出生印记被一条四英寸[1]长的丑陋的红肿伤疤取代了。他该拿它怎么办呢？俄罗斯裔护士用轮椅把他推过走廊。从敞开的病房门口，他看见濒死病人从毯子里伸出来的伤痕累累的小腿和瘦骨嶙峋的脚丫。

可等他到的时候，病房已被跟孩子有关的人占满了——他的女儿，女儿的女朋友，捐精者及其男朋友。布罗德曼等了一个多小时，还没有轮到自己。他坐在轮椅上连孩子都瞥不到一眼，孩子被他的创造者们围了个严严实实。最后，布罗德曼生气了，自己转着轮椅出了病房，结果在坐电梯时弄错了方向，在透析中心转了一圈，跟着指示标志来到了冥想庭院，把怒火撒到了一尊蹲坐着的满身苔藓的佛像身上。没人来找他，他决定回去跟女儿吵一架。

等他回去时，病房却空了。米拉把白色襁褓中熟睡的婴儿放到他手上。他屏住呼吸，盯着孩子完美的小小耳蜗，它发出微

---

[1] 英美制长度单位。1英寸约合2.54厘米。

光,像是弗拉·菲利普·利比[1]笔下的画。布罗德曼怕把孩子摔了,想把这团肉球在手上换个位置,可孩子猛地一惊,睁开没有睫毛的黏糊糊的眼睛。布罗德曼感觉到,自己老朽的躯体里有什么东西被痛苦地扯了出去。他把孩子抱在心口,不肯撒手。

那天晚上,他躺在十一楼自己的病床上,激动到无法入眠。他的外孙此时躺在家中的婴儿床上,裹着柔软的被子,在床头轻轻旋转的玩具下做着美梦。很好,睡吧,宝宝。在你的世界中,一切都还很安静,你的身上还没有任何负担。没人想问你对任何事的意见。可也没人保护他远离那些意见。它们就围绕在他周围。露丝曾让米拉给孩子买一个摩西摇篮。"她要这种摇篮做什么?"布罗德曼问。米拉意识到苗头不对,便手忙脚乱地把摇篮塞回包装纸里。可布罗德曼已恨得咬紧了牙根。"我们还要把这种小戏码演多久?"他问,"我们不再是埃及的奴隶了。况且,我们从来都不是埃及的奴隶。"

"你这是说混账话,"米拉边说边把摇篮塞回萨克斯百货商店的购物袋里,踢到自己椅子下。布罗德曼心知肚明,但他不在乎。他不会放弃的:"摩西摇篮?为什么?米拉,你给我解释解释。"

不,他睡不着。在这大千世界的某个地方,一定有些孩子是在没有传统的环境中出生、长大的——想到这里,他背后突然升起一股敬畏,让他打了个哆嗦。如果他有过选择的机会,

---

[1] Fra Filippo Lippi, 1406—1469, 意大利文艺复兴时期的杰出画家。

他会成为什么样的人？可他已经错过了他的机会。他让自己被责任压得粉碎。他没能成为真正的自己，而是屈服于来自远古的压力。现在，他看清楚这一切有多愚蠢、多浪费了！高烧让他变得睿智，他什么都明白了。那些亡者的观点、那些相对立的无法简化的证据，都是有人摆在他面前的。他死过一次，又被召唤了回来，所以他也许可以指导一下那个孩子，让他走上不同的道路。

早上，米拉来了，还用保鲜袋带来了热气腾腾的黄油面包卷。他吃着早餐，听她讲孩子回家的故事，讲他撒尿时是多么有劲，口渴时又是多么急切。布罗德曼也撒了很多尿，喝了很多水。医生来巡房时，跟米拉开玩笑说，她的假期就快结束了，明天或后天，布罗德曼就能出院回家了。家——布罗德曼突然想起它来。他曾在后面那个阴暗的房间里度过无数时光，徒劳地想要点燃一根断开的导火索。日复一日，年复一年，那本印着细线格的空白笔记本仿佛在无声地指责着他。如今，一切都结束了。他起死回生可不是为了那些荒唐事的。

救护车在送他回家的路上没有拉警报。

因为孩子太小，所以并没有在出生第八天时接受割礼。在医院，他们像喂汉塞尔[1]一样，把他喂得胖胖的，回家后，他又继续长着。现在消息传来，说医生已经准许施割礼了。仪式将在露丝的公寓里举行，他们准备了面包圈和熏鲑鱼。他们还在

---

[1] 童话《汉塞尔与格莱特》里的主人公之一，巫婆想将汉塞尔喂胖，然后吃掉。

河谷镇找到了一位敢于打破传统、使用表面麻醉剂的女性割礼执行者。所有这些都是布罗德曼在卧室里偷听到的。米拉进来告诉他这些消息时,他假装睡着了。他太累了,懒得跟她解释自己领悟到的东西。他的高烧渐渐减退。现在的日子又变得无聊了。以前,他不是个说干就干的人吗?他一直认为自己是那样的人,可他又有什么证据呢?那些证据——几本微不足道的著作,本身也不过是对其他著作的评论的评论——只能证明恰恰相反的结论。布罗德曼靠着海绵橡胶枕头,抬眼望向高楼间一片窄小的天空。卡萝是个说干就干的人。卡萝发疯了之后,便成了一个说干就干的人。一个敢在坦克和推土机面前挺身而出的人,一个为自己的信仰奋力抗争的人。而他,她的父亲,却思想保守,封闭在自己的头脑中,就像人将自己封闭在完美的论证中一样。

这场大病让他瘦了二十磅[1],衣服不再合身。米拉忙着准备餐食和折叠椅,直到仪式前两个钟头才想到这件事。尽管喊起来嗓子很疼,但布罗德曼还是大喊大叫着,威胁说要穿着脏兮兮的浴袍去参加割礼。五十年来,米拉一直用倔强又平静的态度来对待他的暴脾气,此时,她一边打包着餐盘,一边继续打着电话。接着,她一言未发地离开了公寓。布罗德曼听到关门的声音,他以为她丢下他自己走了,不免怒火更旺。他正准备拿起电话,冲着露丝尖叫大骂时,米拉又回来了,还带来了楼

---

[1] 英美制质量或重量单位,1磅约合0.45千克。

上邻居红褐色的丝绸衬衫和棕色的长裤,她跟楼上那位先生的太太是经常一起喝咖啡的关系。布罗德曼觉得很恶心,他把丝绸衬衫扔到地板上,咆哮起来。可很快,怒气便消失了,就像装着老窗户的房子里的暖气会很快消失一样,只留下无助与绝望。二十分钟后,他已穿好衣袖蓬松的丝绸衬衫,站在楼下,等着门房帮他叫出租车了。

现在是冬天。出租车穿行在城市灰暗的街道中,布罗德曼在这座城市生活了一辈子。高楼大厦在雾蒙蒙的玻璃窗外一闪而过。米拉对他无话可说。在露丝的公寓楼,他站在大堂里等待,他身上穿的是借来的衣服,周围是米拉带来的大大小小的塑料袋。她坐电梯上楼找人来帮忙了。布罗德曼很想转身离开。他想象自己在寒冷的大街上一路走回家去。

十七年前,父亲去世后,布罗德曼经历过一段虚弱又抑郁的时期。那是他人生的至暗时刻。最低谷时,他认真想过结束自己的生命。父亲去世后,布罗德曼才发现,父亲曾经强大的存在让多少东西都变得模糊。矛盾的心理就像一条裂纹,威胁着要将建立在它之上的一切统统推翻。不,不只是矛盾。是反抗。不是反抗他敬爱的父亲,而是反抗父亲对他的要求,就像他祖父对他父亲的要求,他祖父的父亲对他祖父的要求,以及往上无数代父辈们的要求。不,他没有生气!他在心理医生的办公室里怒吼:"我只是反对这种负担!"

"什么负担?"她问,她停下笔,等待着将他的回答记进他的病历。

一个月后，失眠和偏头痛的症状消失了，他开始慢慢接受自己。之后几个月，每当他想起自己差点就要放弃时，都会觉得后怕。他呼吸着中央公园新鲜马粪的气味，看着树尖之上高耸入云的摩天大楼，由衷感到庆幸。第五大道上的博物馆、阳光下的黄色出租车，还有音乐——这些都让他双膝发软，仿佛是刚从悬崖边安然无恙地爬回来。他在卡耐基音乐厅前，在百老汇令人眼花缭乱的歌剧院前找到了自我，还沉浸在另一个世界里的观众纷纷离场，布罗德曼却感觉到了生命的拥抱。反抗的痛苦已经过去。可他内心的某个部分也随之而去了。他已受到异议的伤害，永远也不可能回到之前的状态了。一定就是从那时候开始的吧：智慧慢慢流逝，原本丰富的思想便枯竭了。

在女儿公寓楼肮脏昏暗的大堂里，他撑着医院发给他的拐杖，看着电梯上方亮着的数字越来越小。电梯门打开，露出了那位捐精者微笑的脸庞。"孩子的外公！"他发出洪亮的喊声，用力握着布罗德曼的手，接着把所有的购物袋一把拎起。在封闭的电梯里，布罗德曼开始冒汗。他用嘴呼吸，免得闻到这个男人身上浓烈的古龙水味。电梯隆隆向上爬升，搭载着可怜孩子在人世间全部的男性亲属。布罗德曼皱起眉头，努力不去想象身边这个男人拿着纸杯自慰时的画面。

公寓里挤满了人。跟露丝认识最久的一个朋友来跟布罗德曼打了招呼，在他脸上干巴巴地吻了一下。"看到你又回家了真好。你让大家都吓了一大跳。"她说话的声音很大，仿佛他的病也让他变聋了一样。布罗德曼嘀咕着，自己走到窗前。他猛地推开窗，吸了一口冰冷的空气。可当他再朝拥挤的公寓转过身时，他突然觉得头晕眼花。房间对面，米拉正忙着用俄式大茶壶给来自河谷镇的女性割礼执行者倒茶喝。那女人戴着钩针织的小圆帽，帽子跟晚餐餐盘差不多大小，她是坐着预付车费的小轿车来的，要割掉他外孙的包皮，以执行上帝的圣约。她要割掉那孩子的血肉，好让他的灵魂永远不会与他的民族割裂。

布罗德曼觉得自己快站不稳了。他在人群中挤过厨房，走过一管管包着塑料袋的奶油干酪，他拄着金属拐杖，"嘭嘭嘭"地走进昏暗的走廊。他只想在露丝的卧室里躺下来，闭上眼睛。可当他打开房门时，他发现床上的外套和围巾已堆积如山。热泪涌上眼眶。他只觉胸口憋着一声怒吼，那是不被上天眷顾的人的怒吼。然而，他听到的却只有一声轻柔的咕咕声。他转过身，看到了角落里的苇编摇篮，就塞在一把摇椅旁边。婴儿张开他小小的嘴巴。有那么一瞬间，他像是要喊出来，甚至是要说话了。可他只是举起长着雀斑的小小拳头，试着把它塞进嘴里。布罗德曼朝他走去，心潮澎湃，百感交集。孩子察觉到了自己世界里光影的变化，转过头，瞪大眼睛，带着疑惑的表情打量着自己的外祖父。走廊尽头的客厅里，他们在准备束带和刀片。现在他还能怎么帮助这个孩子呢？

逃生门通往消防梯。布罗德曼扔掉拐杖，抓紧栏杆，费力地往上爬了两层楼。他的腹肌都被扯痛了。中途有三次，他不得不放下摇篮喘口气。最后，他们终于爬到了顶楼，布罗德曼推下金属把手，打开了通往楼顶的大门。

房檐边的鸟群猛地炸开，冲向高空。楼下，城市朝四面八方延伸着。站在这里，一切都显得那么安宁，那么平静。朝西，他看见了哈德逊河上巨大的驳船，以及远方新泽西州的悬崖峭壁。他喘着粗气，将摇篮放在柏油纸上。孩子在冷风中扭来扭去，眼里闪着好奇的光。布罗德曼心里全是对他的满满爱意，浑身颤抖着。他漂亮的五官是完全陌生的，不忠于任何一个人的。他还是一个前途无可限量的孩子，一个只是他自己的孩子。也许，他长大了可以不像任何人。

他们在楼下应该已经发现孩子失踪。警报声即将响起，整个公寓将陷入混乱。布罗德曼觉得冷风像刀子，割透了丝绸衬衫。他没有计划。如果他曾希望能得到某种指引，那么在这里他什么也没有找到。浅灰色的阴沉天空将天堂封闭了起来。他费力地弯下腰，将孩子从摇篮里抱出来。他小小的脑袋软绵绵地往后一仰，布罗德曼托住它，把它温柔地放在自己臂弯里。他轻轻地前后左右摇晃，就像以前，他父亲一大清早用黑色的布条将自己的手臂和脑袋缠起来后，也会轻轻摇晃一样。他不知道自己是不是哭了。他用一根手指抚摩着孩子柔嫩的脸蛋。孩子灰色的眼睛似乎在耐心地看着他。可布罗德曼也说不上来，他应该跟这个孩子说些什么。起死回生后，他无法再理解亡者无穷的智慧了。

我睡了可我的心醒着

我在我父亲的公寓里睡着了,梦见门口有个人。是他——他只有三岁,也许是四岁。他在哭;我不知道他为什么哭,只知道他非常痛苦、非常失望。我试着分散他的注意力,给他看一本有漂亮插画的图画书,那些图片的颜色比真实生活中的还要鲜艳得多。他朝书瞥了一眼,继续哭。从他的眼神中,我看到一切都已决定。于是,我把他抱起来,夹在腰间。这可不轻松,但我必须这样做,因为他是那么难过,这个小小的爸爸模样的小孩。

前门的门锁声惊醒了我。我独自在这里住了一个多星期了。此时,我一动不动地躺着,听着走进屋的脚步声,还有一个袋子被重重放到地板上的声音。脚步声又走远,朝小厨房走去,我听到橱柜被打开又关上的吱吱声,水从水龙头里流出来的声音。不管这人是谁,他对这里很熟悉,所以,他会是谁呢?

从卧室门口,我看见那个陌生人弯着的宽阔后背。它占据了小厨房的一半。他咕噜咕噜喝下一杯水，再倒满，喝完，又喝了第三杯。接着，他把杯子洗干净，倒着放在杯架上晾干。他的白衬衫被汗湿透了。他解开袖扣，把袖子挽到胳膊肘。他往脸上浇水，从挂钩上取下方格纹的洗碗巾，胡乱地把脸擦干，还停下来用毛巾按了按眼睛。他从裤子后面的口袋里掏出一把小梳子，梳起头发，梳得整整齐齐。他转过身，可他的脸并不是我所期待的，虽然我也并没有期待会看到谁的脸。那张脸既苍老，又优雅，鼻子又长又挺，鼻孔向外张着。他眼皮耷拉着，双眼却出人意料的明亮灵动。他走了几步，回到客厅，将钱包扔到桌上，直到这个时候，他才抬起头，注意到了正从门口观察他的我。

我的父亲已经去世了，他是两个月前去世的。在纽约的医院里，我拿到了他的衣服、他的手表和他独自在餐厅吃饭时看的书。我翻遍他的口袋，想找到一张他留给我的字条，我先翻了裤子口袋，又翻了雨衣口袋。什么也没找到。我看了那本书，是关于法律理论和迈蒙尼德的。我看不懂。我还没有准备好接受他的死亡。他还没有让我做好准备。我母亲去世时我才三岁。我们已经经历了那次的死亡，我们以自己的方式约定好这件事已经过去了。可突然间，没有任何征兆，父亲违反了我们的约定。

葬礼结束几天后，科伦把特拉维夫公寓的钥匙交给了我。我都不知道那里是否有属于我父亲的东西。在他去世前的五年里，他每年的冬季学期都会在以色列教书，他原本就是在那个城市长大的。我一直以为他住的房子是大学借给他的，就是那种经常给访问学者住的备用房间，不带任何个人色彩，里面什么都有，又什么都没有：橱柜里有盐，但绝不会有橄榄油；厨房里有刀，但什么都切不动。他几乎从未跟我说过他一月到五月住在哪里，但他也并非对此保密。比如，我知道他住在市中心，他每周通勤三次去拉马塔维夫的学校上课，因为他喜欢城市，他的公寓离海边不远，他喜欢清晨去海边散步。我们经常打电话聊天，他跟我说他听过的音乐会、他尝试做的菜肴，还有他正在写的书，可我从未想象过电话那头，他的生活环境到底是怎样的。当我努力回忆那些对话时，我觉得除了我父亲的声音，好像什么声音都没有：那声音甚至吞没了想象的必要。

可科伦来了，还带来了一间我从不知晓的公寓的钥匙。科伦是我父亲的遗嘱执行人，他负责安排了整场葬礼；我只需要在棺木入土时出现，往上挥撒第一铲土就行了。土块落在松木棺上发出空洞的"嘭嘭"声，让我膝盖一软。我站在墓园里，穿着不适合这个温暖天气的厚重裙子，想起了有一次我看见父亲喝醉的事。他和科伦那么大声地唱歌，把我都吵醒了："查德·盖德亚，查德·盖德亚。一只小山羊，一只小山羊。狗来了，咬了猫，吃了羊，羊是我父亲给两个苏西人买的呀。"有一次，父亲告诉我，《妥拉》[1]里压根儿没有提到永恒的灵魂——我

1《妥拉》是《圣经·旧约》中的一部分，意思是指导或教导，也被称为律法。

们所熟悉的灵魂只出现在《塔木德》[1]中，而且，它就跟所有的技术进步一样，让很多事情变得更简单，但也割裂了人们身上与生俱来的一些东西。他在说什么啊？是说灵魂的发明让人们对死亡不再熟悉？还是让我在他去世以后千万别以为他变成了鬼魂？

科伦把公寓地址写在了他的名片背后，他跟我说，父亲希望把公寓交给我。后来，我们站在日光灯照耀的大厅里，等待电梯时，他也许是觉得，他还没有把一些信息完全传达清楚，便又补充说："他觉得你也许能常去那个地方看看。"

为什么？为什么这么多年来，我从未去那里看过他，他也从未邀请过我？我有表兄弟姐妹住在那个国家的北边，可我几乎不跟他们联系；他们的母亲是我父亲的姐姐，跟我父亲截然不同。我的表兄弟姐妹们都是强硬、务实又严厉的人。现在他们都有了自己的小孩，他们让孩子们在大街上自由自在地疯跑，玩生了锈的尖利物品。我钦佩他们，可我不知道该怎么和他们交流。我的祖母去世时，我才十岁，自那以后，我只回去过一次。我没有回去的理由了。而我的父亲也仿佛做出了某种决定般，放弃了用希伯来语跟我对话。多年来，我一直用英语回应他，所以我几乎不曾留意，后来我才明白，他做梦都还在用的那种语言其实是他跟别人输掉的一场论战，但不是跟我。

---

[1] 犹太教的重要典籍，又称犹太智慧羊皮卷，其中有法律讨论、讲道、传说和《圣经》解释等。

这时，父亲公寓里的陌生人跟我说话了，我条件反射地用英语问道："我是亚当的女儿。你是谁？"

"你吓我一跳。"他拍着胸脯说。他瘫坐在沙发上，张开双膝。

"你是我父亲的朋友吗？"

"是的。"他说，他揉着敞开衣领下的喉咙。他的胸毛很稀疏，是灰色的。他做了个让我坐下的手势，仿佛我才是不打招呼就出现在他家客厅里的人，而不是相反。他睁着亮晶晶的眼睛，认真打量着我："我应该猜到的，你长得很像他。只是漂亮多了。"

"你还没说你叫什么名字呢。"

"波阿兹。"

父亲从没提起过叫波阿兹的朋友。

"我是他的老朋友了。"陌生人说。

"你为什么会有钥匙？"

"他不在这儿的时候，就让我住在这里。我经常路过这座城市。我住后面的卧室，顺带帮他照看下房子。上个月楼上漏水了。"

"我父亲去世了。"

他一时没有说话。我能感觉到他在揣摩着我。

"我知道。"他站起来，转身背对着我，轻松拎起了他之前放在地板上的沉重购物袋。可他并没有像我以为的那样离开——任何一个正常人都应该会离开吧——而是逃进了厨房。

"我正准备做点吃的,"他说话时没有转身,"你要是饿了,等十五分钟就能吃。"

我在客厅里看着他熟练地切菜、打蛋,又在冰箱里东翻西找。看着他如鱼得水的模样,我觉得很烦躁。父亲不在了,可这个陌生人却打算继续利用他的善意。只是,我一整天都没吃东西了。

"坐。"他发出了指令,将长柄锅里的煎蛋卷倒进我的盘子。我顺从地坐在自己的座位上,就像以前父亲叫我上桌吃饭时一样。我吃得很快,看起来好像都没尝到食物的滋味,因为我不想让他得意——它很好吃,是我这么久以来吃过的最好吃的东西。父亲以前常说,什么东西只要我吃,他就会觉得更好吃,然而对我来说,只要是他准备的东西,我也会觉得更好吃。我用手抓起盘子里最后几片沙拉菜叶,等我抬起头时,陌生人正用浅绿色的眼睛盯着我。

"你的头发,"他说,"你一直都剪得这么短吗?"我瞪了他一眼,表明我没兴趣跟他聊私人的话题。他默不作声地吃了几分钟,又尝试着问道:"你是学生吗?"

我喝着水,懒得纠正他。透过玻璃杯底,我看着他模糊的嘴巴。

他告诉我,他是个工程师。"那你到城里来的时候,应该想住哪里都住得起呀。"我说。他停止了咀嚼,微微一笑,露出孩子般小小的灰白牙齿。"我是给市政部门工作的,"他说,还说了一个北方城市的名字,"不管怎么样,还是住这里最方便。"

无论这个人是谁，我父亲的死都对他毫无影响——他为什么要因此牺牲自己的便利呢？我决定让他马上离开。我把椅子往后一推，把餐盘放到水槽里，可我发现自己开口说的竟然是，我要出去散步了。

"好的。"他说。他继续慢慢地嚼着，刀叉优雅地停在餐盘上方："去呼吸呼吸新鲜空气吧。我洗碗。"

已经很晚了，热气仍未退散。尽管如此，我一走到外面，烦躁的心情便立刻烟消云散。在从机场坐出租车来这儿的路上，我惊讶地发现这里的一切看起来都是那么丑陋、那么破败，墙壁坑坑洼洼的，生了锈的钢筋从房顶的水泥柱里伸出来。可现在，我习惯了。这里懒散而腐朽的氛围，还有灰扑扑的大树、黄澄澄的阳光，以及说着和我父亲相同语言的声音，在某种程度上甚至都让我得到了安慰。

很快，我就到了海边。我盘腿坐在沙滩上，选了一小块海面观察，这小小的一片海洋随着光线、风力和海底深处某种力量的变化而变化着。一个孩子坐在海边，每次海浪拍到她的腿时，她都会开心地大叫。她的父母坐在塑料椅上，聊着天，分享着保温壶里的咖啡。我很容易理解父亲为什么会被吸引着回到这里，但我很难理解他为什么要离开这里，在外面待二十年。自我母亲去世后，他就带着我离开了这儿。他在纽约找了份教书的工作，我也开始上学，我们越来越少地谈起母亲的缺席以及我们之前的生活。我成了地道的纽约人，他却永远只是个异乡客。如今,我到了这里,到了他的城市,我第一次开始思考,他为什么要等那么久,等我长大成人念完了大学,才又回到这里。当我第一次打开这间我之前并不知晓的公寓的大门时,我被眼前的一切惊呆了:墙上摆着一排排的书,地上铺着的应该是父亲从集市上淘来的褪了色的地毯和他的歌剧唱片。书架上有各种花里胡哨的小玩意儿,他历次旅行的纪念品,橱柜里有铁皮茶叶罐和五颜六色的碗碟,破旧的立式钢琴的琴谱架上巴赫的乐谱还是翻开着的,厨房里甚至还有香料的味道。这是我父亲的地盘,毫无疑问,这里全都是他最爱的东西。可恰恰就是这种彻底让我惊讶不安。我仿佛上下颠倒地看着父亲的人生:这里才是他真正的家,而我从小长大的那间公寓只不过是他在离开这里时暂住的地方。站在他的客厅中央,我感觉到背叛的刺痛。如果世上真有灵魂,无论有多曲折,他的灵魂会回到哪里呢?

等我回到父亲公寓所在的街道时,暮色已然降临,我看见他的公寓里亮着灯。我的目光捕捉到了从卫生间窗户伸出来的晾衣绳上有什么东西在动。是衬衫——我的衬衫——在黑暗中摇摆着。我的目光又顺着绳子望去,最终落到了一双大手上,那双手正小心地将我的内衣夹到绳子上晾干。

我跑上两层楼梯,一拳把门厅的电灯开关砸开,笨手笨脚地翻出钥匙,冲进家门:"你在干什么?"我要爆炸了,我喘得上气不接下气,耳朵里只听见血气上涌的嗡嗡声:"谁给你的权利动我的东西?"

此时,市政工程师的身上脱得只剩下了白色的内衣裤。他旁边的高脚椅上摇摇晃晃地放着装满湿衣服的篮子。

"它们放在洗衣机的最上面。我做饭时把衬衫弄脏了,又觉得洗衣机只洗一件衣服有点浪费。"

他厚厚的嘴唇间叼着一个晾衣夹,他又转回去把我的衣服小心地夹好,把绳子放长。他肩膀上全是上了年纪的人才有的老年斑,可他的双臂非常粗壮,肌肉发达。他没有戴结婚戒指。

"你给我听着,"虽然他正在听,但我还是低声说道,"我不知道你是谁,但你不能就这样跑到别人的公寓里,侵犯别人的隐私。"

他把衣服放下,取出嘴里的晾衣夹:"我侵犯你的隐私了吗?"

"你翻了我的内衣!"

"你觉得我对你的内衣有兴趣?"

此时我脸上突然一热。刚刚他手里的那条紫色内裤又旧又幼稚,橡皮筋也是松垮垮的。

"我说的不是这个意思。"

"那么你说的是什么意思?你不想让我帮你洗衣服?我下次不会洗了。"他把最后一件衬衫夹好,转身从窗边走开,"冰箱里有冰激凌。我要出去了,很晚才会回来。你不用等我,我有钥匙。要是你没地方去,九点时电视会播一部不错的电影。"

我为什么会看电影？我按照他的建议，一边吃着冰激凌，一边看着电影。电影还不错，真的，可我还是睡着了，等我醒来时，电视已经在放别的节目了。时间已过半夜十二点。我把父亲的手表放到耳边。它嘀嗒嘀嗒地走着，但只能走那么久了，很快，父亲留给我的时间就将用完。可现在，它还在继续嘀嗒着。

有只猫在什么地方哭叫，又或许那是个婴儿。我把水打开泡澡，向后躺着的时候，我第一次注意到天花板上有片黑黑的水渍，那里的石膏也因为漏水开始脱落了。我上床睡觉前，去敲了敲后面小卧室的门，尽管我知道他不在里面：要是他回来了，我肯定会听到的。我把灯打开。窄窄的小床铺得很整齐，像军人铺的。这张床对他来说似乎太小了——我突然反应过来，这是我的床啊，是父亲打算在我来看他时让我睡的床啊。可我从没来看过他，所以他把这张小床借给了一个陌生人。

床脚处有个木柜子，是房间里除了床能放下的仅有的家具。我打开最上面的抽屉，看到里面有一套剃须刀、一把牙刷和一套换洗内衣。其他的抽屉都是空的。

在父亲的卧室，我拿出了在他床头柜抽屉里找到的一本皮面小相册。在我从小长大的那间公寓里，父亲只保留了我的照片，一周前，我却在这里找到了这本小相册，从那以后，我便总忍不住翻开看看。相册第一页是父亲年轻时的一张照片，那时的他比我现在还年轻。他穿着短裤和登山靴，站在一处峡谷的石壁前。不可思议的是，照片里的那张脸跟我的脸竟如此相似。虽然我们一直都有点像，但毕竟年龄差了很多。而在这张照片里，你能清楚看到差别是如何出现的——一个人的鼻子是如何随着年岁增长而渐渐耷拉下来的；还有那双稍稍有点招风的耳朵；一只比另一只稍微小一丁点的眼睛，像是眯起来不愿意看什么东西。就连我们的身体姿态也很像，仿佛我们一个接着一个出生是为了填补同一个空白。

在接下来的一张照片里，我花了点时间才把他认出来。他跟几个人在一处瀑布下的水塘里游泳，他张着嘴，眼睛都笑弯了，快门摁下的那一瞬间，他正冲着镜头后面的人大叫。在第三张照片里，他蹲在一块大石头上，没有穿上衣，一只手拿着烟，身旁坐着个女孩，伸长了双腿。他的脸就是我的脸，此时，我开始感觉到那张熟悉的脸庞却越发陌生了，好像这个轻松快乐的年轻人跟我父亲毫无关系，因为我的父亲哪怕是在找乐子的时候也总是自律的、严肃的。在最后一张照片里，他张开双臂，哈哈大笑，身后是无边无际延伸的沙漠。它让我生出一种憧憬，仿佛我很久以前也在那里，又或是我的某个部分现在还在那里，又或者，这只是我愿意付出任何代价想要跟他在那里相见的一种心情，我多想跟他面对面地站在那儿，而我的身后也是一模一样无边无际延伸的沙漠。

我不知不觉睡着了，等我再睁开眼睛时，窗外是朦胧的曙光，我感觉是有什么声音把我吵醒的。在我刚刚做的梦里，很多人在一个地方来来去去，它应该是我父亲的公寓，但实际上更像某个小镇的火车站。我知道，我的父亲就是在那儿去世的，就在站长的办公室，跟托尔斯泰一样。我起床去倒杯水，在过道里，我看见小卧室的门开着一条缝。我把门推开，一股浓烈的气味飘了出来，那是男人在沉睡时散发的体味。我看见他陷在被子里，两条腿搭在床边，双手抱着枕头，平稳地呼吸着。他睡得很沉，完全熟睡着，仿佛他在这个世界上再没有别的责任，只需要这样睡着——像死人一样睡着。我觉得光是看着他，我自己就越来越困了。他的沉睡仿佛对我施了魔咒，突然间，我的四肢变得沉重，我什么也不想，只想瘫倒在床上，钻进毯子里，让自己睡个够，睡上很久很久，不要做梦。我太疲倦了，若不是这个小房间里的床太窄，我只怕会爬上床，躺到他身边，蜷成一团，闭上眼睛。我强忍睡意，离开小房间，走回过道，刚进我的房间，我就倒在了床上。

等我终于醒来时，已经是中午了，太阳光透过百叶窗的缝隙倾洒进来。这长长的无梦的沉睡让我焦躁不安。小卧室的门是关着的。我一路走到迪岑哥夫购物中心屋顶的游泳池，这个大购物中心有很多便宜的服装店和一家电影院。泳池里，穿着松垮泳装的女人们来回游弋，戴金色泳帽的老头儿又来了，在浅水区活动着膝盖。如果他潜到水面以下没有上来，救生员就会跳下水，把他捞起来。等他一离开这里回家，泳池边也就没有救生员了。有一天，他会在自己家里，或在大街上，一头栽倒，就像我父亲在餐厅里一头栽倒一样。但也许，这样的情况完全不会发生——那种把生命往下拖的力量也许会突然又把他举起来。

我游了三十个来回，然后走回公寓。陌生人卧室的门还是关着的。我做了吐司，吃完便去附近的一家咖啡馆看书，这里有个服务员穿着紧身牛仔裤，有只眼睛是弱视，他一边冲着我微笑，一边给我挤橙汁。接着，我又去集市闲逛。有个男人想卖给我一顶帽子，但我不想要帽子。我想要什么呢？那个男人很想知道。我走到海滩，看着体毛茂盛的男人们打槌球。等我再回父亲的公寓时，已经是傍晚了，人行道上的黑影离海边越来越远，市政工程师正在厨房烤带馅儿料的青椒。就在那一刻，就在我跨进大门，看到他往烤箱里张望的那一刻，我才突然想到，这一切也许是我父亲的安排。就像他写好遗嘱，把钥匙交给科伦，确保他想让我到这里来的心愿传达到位了一样，我的父亲也许还不怕麻烦地请了他这位老朋友来照看我，或是来告诉我什么，不管多么隐晦，反正是向我传递某种信息或者信号，告诉我他不在了我该怎么做。

"你回来了，"他说，他调低收音机里新闻的音量，"好。晚餐就快准备好了。你喜欢樱桃吗？今天杂货店里有樱桃。"

我想问他昨天晚上去了哪儿。我想问他到底有什么法力让我跟他一样陷入了无底洞般的沉睡。可我该怎么问呢？于是我什么也没问，只是摆好餐桌，猜想着父亲以前坐的是哪把椅子。我猜，一定是最靠近炉子、面朝窗户的那一把吧——也就是波阿兹昨天坐的那一把。这次我们坐下来，分享他准备的晚餐，他坐在他的椅子上，我坐在我的椅子上时，我特意表现得友善了一些。有些事情发生了变化，他很清楚。他灵巧的双眼比我印象中的更明亮了，他打量我的目光中带着疑惑，还有一些别的东西，是一种悲伤的耐心。我多希望他能开口说话，可他一直默默地吃着东西。只能由我开口了，于是，我告诉他，我其实不是学生，我在一家建筑公司工作三年了，可我并不喜欢。我还告诉他，我每天早上醒来时，一点也不期待即将在电脑前度过的几个小时，更不期待脾气暴躁的建筑师以及他牢骚满腹的有钱客户们。

"那你为什么还要留在那里？"他边问边擦着嘴巴。

晚餐过后，他泡了个澡，我在一墙之隔的自己房间里能听到他动的时候浴缸里的水声。二十分钟后，他从浴室出来，穿的还是之前的衣服，但剃了胡子，湿漉漉的头发整齐地往后抹着。

"我要出去一下，"他说，"所以这里归你了。"他沿着过道走进小卧室，手里拿着自己的牙刷和毛巾。在从浴室飘出的潮湿空气中，我闻到了他须后润肤露的味道。

"你到这儿来是干什么的？"他再次出现时，我脱口而出。我本没打算这么问他，问完我立刻后悔了。我希望他知道，我明白在我们为了我父亲演的这场戏中，我们是需要演好各自角色的。于是我飞快补充道："就为了检查有没有漏水？"

"为了见一个人。"他回答。从他说话的语气和他把双手插进口袋的动作，我感觉到他要见的是个女人。我第二次对自己感到惊讶，我竟然会因为他的答案失望。我没想到他会这么说——可我期待他会怎么说呢？说他是为我而来？

而当他从前门出去后，我再次做出了让自己惊讶的举动，我紧跟在他后面也溜出了门，匆匆跑下楼梯。我隔着一段距离在街上跟踪他。他从一棵桑树下走过，我也走过。他穿过马路走到街对面，我也走到街对面。他停下脚步，抬头望着不断变高的高楼，我也停下来抬头看，我感觉，我可以这样继续很久，就这样如影随形地跟着一个人。

很快，我们来到城市一个陌生的区域，这里比别的地方显得更破败。房屋的阳台似乎都只靠着几颗螺丝钉在勉强维系着。他在一家面包店前停下，走进去，再出来时拿着一个系着绳子的小盒子。是饼干吗？什么味的？是蛋糕吗？是那个女人最喜欢的口味？是她每次都期待着的吗？他望向马路对面，有那么一瞬间，他似乎跟我对视了。可他脸上没有任何表情，只是转过身继续走。又走了几个街区，他进了一家超市，这次我躲在一辆汽车后面，一直等到看见他拿着一个塑料袋走出来。

此时天已经黑了。这位陌生人，波阿兹——如果他真是叫这个名字的话——还在往前走。我们走了将近一个钟头。可我并不介意，我一直都很能走。我父亲以前常说，我还是个小姑娘的时候，就能走很远，而且从不抱怨。要不是我口渴了，出来时又没带钱包，我会很乐意这样走上一整晚的。但很快，我就渴得受不了了，每次我们经过装满空水瓶的回收箱时，它们仿佛都在提醒我有多渴。

最后，陌生人终于在一幢公寓楼前停下脚步。这幢大楼又矮又宽，外墙刷着灰泥，小小的前院杂草丛生，门口有一大丛灌木，一棵疯狂生长的大树用阴暗光滑的树叶遮挡了楼房正面的一部分。他停下来抬头张望，透过枝叶，我看到一楼的窗户里亮着灯。他走进院子前门，可并没有走进大楼，而是绕到旁边的小巷，四五只骨瘦如柴的猫从灌木丛里蹿出来，钻到他两腿之间，喵喵叫着，他从超市购物袋里拿出几个罐头。他把罐头盖揭开，把罐头放到地上。猫蜂拥而上，还有更多的猫从灌木丛底下钻出来。他把几个空罐子踢到旁边时，猫往后一跳，紧张起来。他对它们说着安慰的话，它们又回来大吃特吃了。我站在路灯下，不再担心他会不会看到我。就算他知道了我在这儿，他也没有任何反应。他把空塑料袋塞进自己的口袋，绕回前门，停下脚步，像在嗅着夜空中的某种味道，接着，他再次抬起头，透过树叶看那亮灯的窗口。微风拂动枝叶，轻轻拍打着窗户，他站在那里，把口袋里的硬币和钥匙拨得叮当响，仿佛是在决定一件左右为难的事。突然，他耸起肩膀，沿小路匆匆走去，消失在阴暗的大堂中。一只猫喵喵叫着，什么地方有人打开了电视机，但除此之外，万籁俱寂。有一瞬间，我甚至觉得我听到了海浪声，但其实那只是轻风掀动了树叶。我穿过空无一人的街道，走到马路对面，可从这里更难看到那亮灯的窗户。显然，我只能爬树了。

我站在树干下，寻找可能的立足点，想办法爬上了树。树枝钩住我的T恤，从断裂的枝干里渗出的树脂让我的双手变得黏糊。有一次，我脚下一滑，差点掉下去。等我爬到足够高、足够近的地方以后，我伸出手简直都能碰到他们了：一个年轻女子和一个孩子，安静地坐在桌旁，被框在长方形的灯光中。女子长长的头发梳成了辫子，垂在背后，当她把视线从书上抬起来，去看孩子画了什么时，我发现她的眼睛颜色很浅，我突然冒出一个念头——一个冷静而清晰的念头——也许，在某个地方，不知何故，有人给了他一把错误的钥匙，这个女子才是他要回来照看的某个人的女儿。我的腿因为用力而开始颤抖，我抓紧树干，等着她听到门铃，开门让他进去。可他怎么耽搁了这么久？他在她的门外排练着什么吗？是只有他们自己的门，他们所爱的人的门，才对亡者关上了吗？

就在那一刻，我听到了树下的脚步声，我看到他匆匆忙忙地走上了街道。我赶紧溜下树，树枝被我一路踩断，划到了我的脸和胳臂。最后一截我是直接跳下去的，我重重落到地上，开始奔跑。在街区尽头，我看见一个人影转过街角，可等我跑到那儿时，他已无影无踪，安静小路的尽头是宽敞喧闹的大街。街上车辆飞驰而过。一辆公交车喷着气停下来，他可能就在公交车的另一侧，可当车开走后，对面的人行道上空无一人。我朝街角唯一还开着门的地方打量，那是一家通宵营业的药店，可店里只有一个挂着拐杖的老太太站在药盒和药瓶之间，耐心地等待店员给她配处方药。他怎么可能就那样消失？我百思不得其解，我既对他生气，也对自己生气。但也许真正的问题是，我是怎么跟踪他跟了这么远的？

特拉维夫的每个地方离海边都不远，等我找到去往海边的路并摸清了所在方位后，我意识到，我离父亲的公寓比我想象中的更近。黑暗中的大海变得不一样了，更宽广，更有活力，充满了智慧。海边有家拉着百叶窗的老夜总会，我走到夜总会后面伸出海面的礁石上，看到一群男人正把钓鱼线从礁石尽头抛进漆黑的海水里。我观察了一会儿，可他们什么也没钓到。我不知道我该不该回家等陌生人。可我感觉，他不会再回去了，今晚不会，明晚也不会，就好像我还感觉到，再过十年，等我有了自己的孩子之后，我才会换掉那把门锁。

我回去时，已是半夜十二点多了。我检查了陌生人的房间，是空的，跟我预料的一样，床铺得很整齐。我脑袋昏沉，精疲力尽的感觉向我袭来。我一边朝自己的床走去，一边脱着衣服，在过道里扔成一溜儿，我一个人住的时候经常这样。百叶窗是关着的，我在伸手不见五指的黑暗中一寸一寸地往前挪，最后瘫倒在被子上。我睁着眼睛，一动不动地躺着，直到这时，我才听到那有节奏的呼吸声，已经有人在我床上睡觉了。我尖叫起来，双手胡乱拍打，拳头砸到了一个柔软又温暖的东西。我摸索着找到台灯，灯泡亮起后，我看见只穿着内衣裤的陌生人四肢张开地躺在床上，半张着嘴，跟之前一样沉沉睡着。他不可能比我早到家很久，可他已睡得如此深沉，无论是我的尖叫，还是我的拳头，都没能吵醒他。我的心怦怦直跳，我从地上抓起我的T恤衫，从头上套下来。我本想把他摇醒，要求他把一切解释清楚，让他从我的床上下来，或者说，从我父亲的床上下来——反正,至少不是他的床,如果说他有床的话,那也是走廊尽头的那一张。可就在我正要抓住他肩膀的一瞬间,我打了个强劲的寒战。我突然很怕打搅到他,就好像这一直以来他可能都是在梦游,如果我吵醒了他,也许就会打破某种平衡,导致某种东西永远消失或静默了。

  我关掉台灯,轻轻走出房间,关上门,来到过道尽头的客房,爬上了那张小床。有那么一会儿,我怎么都没有睡意,可等我再睁开眼睛时,已经是早上了,我听到浴室里有水流声。但不是有人在洗澡,而是墙壁里的下水道传来楼上公寓冲水的声音。也许天花板很快又要漏水了,到那时候,陌生人就得醒来去处理。我下了床,去我父亲的卧室找他。门是开着的,床上是空的,床没有铺。我走进客厅,差点绊倒在他身上。他在地板上蜷成一团,两腿收起贴着肚皮,两手夹在膝盖中间,像个婴儿般睡着。我用脚很轻很轻地戳了戳他,可他仍然安静地睡着,完全不受影响。这样的情况还能持续多久?我琢磨着。很快,冬天就要来了,大海就要变得阴沉了,天上会下雨,会在裂开的沥青路面上留下一个个水坑。可尽管我这样想着,在我内心深处,我知道这样的情形还将持续很久很久。我会习惯在去厨房的路上被陌生人绊到,因为这就是人的生活方式,我们就是会偶尔被这些东西绊到,直到它们对我们来说不再是负担,我们可以彻底忘记它们为止。

终结日

起火后的第三天，大火越过边界，蔓延到城区，拉比打来电话问她父母的离婚判决书是否已经寄到。诺雅是被电话铃声吵醒的。刚过七点，可拉比大概天一亮就醒了吧，毕竟他生活在一个更古老的世界中。诺雅请他稍等片刻，她爬起床，在堆积如山的信件中翻找，自从她的父母莱纳德和莫妮卡离开后，这些信就一直堆在这儿了。在账单和广告下面，她找到了加利福尼亚州高等法院寄来的厚厚的棕色信封。

"喂？"她对着话筒说，"寄到了。"

她的手指应该是滑了一下，因为拉比的声音突然变成了免提模式，从扬声器里传出来，又大又响。他指示诺雅要怎么给他送一份复印件过去，好让这份犹太人的离婚契约[1]最终生效并被正式登记入册。她记下拉比的地址。拉比明天就要率领三十五人的队伍坐飞机去波兰了。在他动身前往那里的露营地

---

[1] 犹太人在经过国家的民事法庭离婚后，还需要前往犹太"拉比法庭"请求离婚。

和犹太聚居区之前,他希望先把这件事处理完。"做什么事都要有条有理。"他告诉她。所以,他现在就需要诺雅手中的这份文件。可以的话,最好今天送去,最迟明天早上必须送到。拉比对火情只字未提。此时此地熊熊燃烧的大火跟他没有关系。

夏天来了,诺雅一家也总是在这时候回到过去。回到三千年前,回到铁器时代以及它之后接连不断的灾难时期。莱纳德以前总喜欢说,他们是从别人的悲剧中获益的。每年六月,当新的队伍聚集在一起,聆听他的欢迎致辞时,她的父亲绝不会忘记说出这句台词,以至于她总是把夏天的到来——那令人窒息的炎热和漫长的时光——和某种遥远的磨难联系在一起。莱纳德还喜欢说,考古与建筑是相反的:考古工作是拆开与摧毁的过程。诺雅总想从他的语气中找出一丝悔意,但她从未找到。她十岁时,有一次正好碰到他和他的副手在争论。他的副手也是考古学家,叫尤瓦尔,养了一只三条腿的狗。尤瓦尔为一小段保存完好的古墙烦恼不已,因为他不想毁掉它。"你觉得你以后还会记得这段墙吗?"她父亲严厉地问。尤瓦尔满手是泥,他用手背擦去额头的汗珠。"拆了。"她父亲下达了命令,迈着沉重的脚步走到烈日下。

在两个女儿出生前,莱纳德就在米吉多考古挖掘了。古希腊人管米吉多叫"哈米吉多顿",《启示录》中预言它是世界末日时各路军队聚集决战之地。它的历史可以追溯到千年之前。莱纳德在二十年的时间里,向下挖掘出了跨越数个世纪的历史遗迹，最后一直挖到了公元前十世纪。莱纳德总喜欢说，米吉多是解开以色列联合王国各种谜团的游乐场。它也是诺雅的游乐场，因为每一年的夏天她都是在那里度过的，在父亲考古挖掘期间，他们都住在集体农场里。父亲的学生们轮流照看她和瑞秋，陪她们玩。等她们能自己玩耍时，她们就整日在集体农场干枯的草坪上看平装书，或去游泳池游泳，泳池里的氯刺痛了她们的双眼，模糊了她们的视线。

如今，瑞秋在纽约实习，莫妮卡在欧洲照顾她体弱多病的母亲，莱纳德独自一人回到米吉多。同样独自一人的诺雅推开通往阳台的房门，用力嗅了嗅屋外的空气。晨曦从树叶间轻快地洒落下来，但还弥漫着刺鼻的焦味。刚过七点，这意味着米吉多已经是下午五点了，他们应该要开始清洗这一天挖掘出来的成堆的陶器碎片了。五点半，莱纳德会准时出现，组员们将一筐又一筐碎片倒出来让他检查，他会迅速筛选判断，决定将哪些送去修复，哪些丢掉。诺雅小时候曾无数次见证这一过程，她总是站在旁边，找机会从桌上抢来一片他们不要的碎片，一个陶罐的把手，或某个珐琅器的边角，将它们从沦为垃圾的命运中拯救出来。

在共同养育了两个女儿、经历了人生的风风雨雨之后，莱纳德和莫妮卡于初春和平分手。对那些主动问起和很多没有主动问起的人，他们给出的解释是，在二十五年的婚姻生活后，他们已准备好迎接新的历险了。至于是什么历险，他们俩谁也没说，但诺雅很清楚，他们指的是人际关系方面的历险，而非地理意义方面的。他们都是开明成熟的人，都没有把两人的分手当作悲剧，因为他们还将永远是朋友，莱纳德和莫妮卡解释说。他们的分手是如此和平，他们甚至让诺雅和瑞秋参加了订立离婚契约的仪式，这是犹太人离婚的必经过程。他们带来了两个女儿，就像曾带她们去纳米比亚看桑族部落表演的治愈舞，带她们去白金汉宫看卫兵换岗一样。莫妮卡穿了条印花连衣裙，还是一如既往的完美。瑞秋特地从东海岸的大学回来，离婚仪式前一天才刚到。离婚的消息让两个女儿都很意外，可只有瑞秋坚信一定是发生了什么事，才导致这个结果的。诺雅也想相信这一点——相信他们离婚的原因是最近发生的、被他们隐瞒的一些事，而不是某个存在多年的根本事实。在开车去教堂的路上，她听父母滔滔不绝地讲起了一连串的故事，讲他们是怎么相识的，讲两个女儿小时候的往事，就像去年他们参加莱纳德母亲的葬礼时人们说起奶奶的陈年往事。

在为诺雅办完成人礼后没多久，她的父母便任由他们在犹太教堂的会员资格期满终止了。在那场成人礼上，诺雅对着一屋干瞪着的眼睛，唱起了不成调的《雅各的梦想》。二十五年前，因为维也纳诺雅外祖父母的坚持，诺雅的父母举行了犹太教婚礼，所以现在他们也必须找一个能解除犹太教婚姻关系的拉比。这位拉比的教堂阴暗狭小，它原本应该是很美的，可如今已年久失修，破败不堪。一位年轻的拉比领他们走进教堂，当他看到莫妮卡抬眼望向屋顶剥落的石膏和塑料布下满是污垢的玻璃天窗时，他连忙说道，屋顶出了点问题。他留着稀疏的金色胡须，勉强遮着他的脸颊；他应该不超过二十岁，看起来没有足够的经验能结束她父母漫长而复杂的婚姻。谢姆金拉比已经在路上了，年轻的拉比解释道，他只是助理。最后这句话他是对着诺雅说的，仿佛是察觉到了她的质疑。

他们四人在教堂坚硬的长椅上坐成一排，年轻的拉比整理着桌椅。后面有一扇门开着，通往一个房间，房间的地板上到处是小孩的玩具和书。"这些人从来不收拾。"莱纳德说。看来只有在未来的世界里才能找到秩序了。莫妮卡评价着脏兮兮的玻璃时，他一直心不在焉地用脚拍着地板。他穿着漂亮的鞋子，其实他最讨厌漂亮的鞋子，他喜欢穿着覆满铁器时代尘土的粗糙徒步鞋，阔步行走。漂亮的鞋子只会僵硬地束缚他的双脚，但这是他对他们夫妻间分歧的妥协，这种分歧多年来就像钟乳石一样慢慢生长着，因为距离的存在而越发扩大，成为一种神秘的力量，直至最后，变成悬在他们头顶的一把匕首。

谢姆金拉比终于到了，他穿着黑西装，后面跟着一个身形肥胖、邋里邋遢的抄写员。抄写员穿着白衬衫，衬衫外披着祈祷时用的带穗披肩，一只胳膊下夹着一个破破烂烂的文件夹。他的后面则跟着一个又高又瘦、留着大胡须的拉比，应该是来当见证人的。

"很好！"谢姆金拉比双手一拍，高兴地大喊，"大家都来了。"

莱纳德准备坐到莫妮卡旁边的椅子上，可谢姆金拉比弹了下舌头,示意他坐到她对面。莱纳德清了清嗓子,大踏步走到桌子另一侧。诺雅和瑞秋站在一起,直到年轻的拉比匆匆走上前,带她们坐到教堂最前排的长椅上。

"该死。"瑞秋的人字拖鞋被椅子腿挂到时,她小声嘀咕了一句。

拉比拿出好几份复印件和一份手稿,让莱纳德和莫妮卡传阅。"犹太人执行这样的离婚流程已经两千年了!"拉比微笑着宣布。"两千年的辛酸!"诺雅在心里默默补充了一句。抄写员打开他的文件夹,取出一根大羽毛,开始用伸缩小刀把羽毛的根部削尖,被削掉的碎屑掉进他衬衫的褶皱里。当莱纳德宣布他有几个问题要问时,抄写员又从文件夹里扯出一大把羽毛,开始削起来。"这是什么羽毛?"莫妮卡礼貌地问。"火鸡羽毛。"抄写员回答。瘦高个的见证人发出赞同的嗯嗯声,附和说火鸡毛是最结实的。抄写员拿出一张纸和一块绷着肠衣的写字板。这是什么的肠衣?诺雅很想问。他把纸放到板子上,用手按压,纸上出现了笔直的线条压痕。他将在这些线上小心地写下希伯来文字,而那些文字将撤销她们的父母连问都没问她们便决定不再继续的一段关系。抄写员写字时,诺雅的母亲开始找他聊天了。哪怕是在斩首架前,她也要聊天。她听说抄写员的父亲以前也是个抄写员,是真的吗?

"我们家出了四代抄写员了。"

"也许在那之前还有,只是你不知道而已。"谢姆金拉比说。

"在那之前,我们家是做屠夫的。"

"一开始他们屠宰动物,"见证人一边观察着抄写员的工作,一边说,"现在他们屠宰人。"

"才不是呢,"抄写员说,他的视线始终不曾从纸上抬起,"现在我们帮助别人继续他们的生活。"

该写的内容写完后,谢姆金拉比和见证人检查了一遍,又复查了一遍,还大声读了两遍。接着,他们坐在那儿等墨水干透。

"今天的湿度有百分之一百。"见证人边说边对着窗户摇头。他一动,挂在他腰带上的一串钥匙就哗啦作响。他的领带夹也是钥匙形状的。不管是谁,大概都要猜想他要这么多钥匙做什么吧。

抄写员用吸墨纸把墨吸干。最后,他将那张纸竖着折了一次,横着折了两次,把纸的一头塞进另一头里面。他让莫妮卡站在莱纳德对面。

"双手捧着。"谢姆金拉比指挥着她。"还有你,"他对莱纳德说,"跟着我念:'现在我与你离婚,放你自由,你可以自主行事,我允许你也有自主权嫁给任何一个你想嫁的男人。'"

诺雅屏住呼吸。她身边的瑞秋全身绷得笔直。

"从今天开始,没有人可以反对你,你可以嫁给任何一个男人。"

诺雅觉得自己好像听到莱纳德在说"任何一个男人"时声音颤抖了一下,但她不确定。她把头转向瑞秋,却发现留金色胡须的年轻拉比正盯着自己,而且在被她发现后,他也只是缓缓转开了那双湛蓝色的眼睛。

"按照摩西律法[1]和以色列的法律规定,这是我给你的契约书,"谢姆金拉比继续说着,"是放你自由的证明,是赦免你的文书。"莱纳德跟着重复,此时他的声音非常洪亮。他是个难相处又爱指挥的人,这是事实。他太伤心了,所以,在最需要他看清楚的时候,他却只能看到自己的愤怒和痛苦,而看不到别人的。很久以前,莱纳德自己补袜子的事曾让莫妮卡为之着迷。他们总喜欢说起的一个故事是,有一天,莫妮卡在他的单身公寓中醒来,发现莱纳德正弯腰补着一只袜子,还照他母亲教他的那样舔着线头。可随着岁月的流逝,莫妮卡从这个固执乏味的人身上渐渐看不到任何光彩了。

遵照拉比的指示,莱纳德将那个长方形的纸片放在莫妮卡捧着的两只手里。纸片太大了,她的掌心放不下,她下意识地按下大拇指,免得纸片掉落。

"不要!"在场的几个拉比同时大喊。

显然,妻子在接收契约时手是绝对不能动的:它必须由丈夫交出。这件事的荒谬之处似乎并未让莫妮卡烦心。也许在她看来,这正是她错误婚姻的恰当结局吧。诺雅觉得,她已经人在心不在了。至于她的心去了哪里,那个地方对诺雅而言是一

---

[1] 摩西律法,又称律法书,指神给以色列人赐予的律法,包括许多原则、规定、仪式、典礼和象征,以提醒人民他们的义务和责任。

如既往的遥不可及。莱纳德又交了一次，这一次，莫妮卡的双手纹丝不动，仿佛在接收一只僵硬的鸟。接着，她要把纸高举过头顶。莫妮卡伸直双臂，双手紧紧攥住了这张按照古老犹太折纸术折好的纸片。

仪式结束后，他们开车去莱纳德和莫妮卡喜欢的那家意大利餐厅。后备厢的唱片机播放着莱纳德的歌剧唱片，帕瓦罗蒂的歌声飘到了前面来。诺雅还有一年学要上，吃沙拉时，莱纳德和莫妮卡告诉她，秋季学期他们会轮流陪她住在家里，直到她毕业。这个计划尚未确定，因为现在才五月。至于暑假，他们让诺雅自己选择，是跟着莱纳德去米吉多，还是跟着莫妮卡去维也纳。诺雅抗议道，去年暑假她就在一家花店打工了，她计划今年照旧。她要攒钱，等高中毕业后就去巴西、秘鲁和阿根廷旅行，说不定还能去复活节岛。为什么要她改变计划？就因为她的父母决定要改变他们自己的人生吗？去米吉多，她会觉得无聊；去维也纳，住在外祖母那间挤满了笨重家具、永远拉着丝绸窗帘挡住阳光的公寓里，她会患上幽闭恐惧症。这番话引来了一场争论，但诺雅坚持己见。她说，她一个人完全没问题。瑞秋没有听他们说话，只忙着给她在波士顿的男朋友发短信。瑞秋的五官从小就结合了莱纳德和莫妮卡的特点，诺雅则不一样，青春期之后，她越长越像莱纳德。她也继承了莱纳德的身高，所以父母总觉得她比实际年龄更成熟。再说了，莱纳德和莫妮卡都是务实的人，一直相信要像对待成年人一样对待自己的孩子。所以，为什么现在要装腔作势地把她当成小孩呢？她据理力争，最后，父母终于投降。如果说一开始他们对离婚、对追求各自的欲望还心怀愧疚的话，那这种愧疚也并没有持续多久。六月中旬，莱纳德便动身去了以色列，一周后，莫妮卡也离开了。他们拜托了跟他们认识最久的两位老朋友，杰克和萝贝塔·伯克威兹夫妇帮忙照看诺雅，萝贝塔尽职尽责地做到了，她时不时从全食超市打来电话，问诺雅要不要去她家吃晚饭，或是诺雅有没有什么需要的东西。可诺雅的回答永远是"不"。

厨房里，诺雅正在烧水煮咖啡。在这幢一年后就要出售的房子里，她是仅剩的长租客，她按照自己的想法把家里重新布置了一遍。她父母在相识那年一起买下的苏美尔人用来祈求多子的陶罐，她把它放到了门厅壁柜里莱纳德的网球拍后面。这个粗糙的圆罐带着一种不祥的预兆。她把冰箱上的照片都拿了下来。有瑞秋和诺雅的，有莱纳德和莫妮卡的，有的是站在山顶露出灿烂笑容的，有的是站在沙漠金色光芒中的，如今它们都显得有些虚伪了。整幢房子似乎都是围绕着某些已不再真实的原则来安排的，现在这些安排看起来就没有诚意了。也许，这正是诺雅在父母离开后不再睡在自己卧室的原因，她改为睡到了沙发上。这件事让盖比颇为烦恼，因为他不喜欢自己的裸体被客厅画像上的戈雅老头儿盯着看。他管戈雅叫"老学究"，他怪戈雅把一切都搞砸了。可两周前他们分手时，她还是把老学究的画像继续留在了墙上。此时，诺雅躺在沙发上，在画像的注视下，看着餐厅的桌子，以前，她们一家人总围在桌旁庆祝逾越节、感恩节、生日以及各种特殊的日子，而且总会有亲朋好友相伴。她的表兄妹们对着他们的父母叫爹地和妈咪，这让她有时颇为嫉妒。虽然她和自己的父母也很亲近，但"爹地"和"妈咪"这两个词却带着一种亲密感，甚至有点傻气，不适合莱纳德和莫妮卡，也让她羞于说出口。她七岁还是八岁的那年夏天，在集体农场上，她开始管父亲叫阿爸，可八月底他们回家时，这个称呼就和他们在那个夏天里收集到的其他玩具、石头和小玩意儿一起，被留在了那里，行李箱里装不下它们，又或者，是因为他们回家后便不再需要它们了。

诺雅吃麦片时，手机铃声响了。是莱纳德打来的，他一直关注着新闻：大火蔓延的面积已超过十万英亩[1]，消防人员精疲力竭，但火势仍未得到控制的迹象。强风将灰烬带进城市，成千上万人被迫撤离。他给伯克威兹夫妇打了电话，杰克马上就会来接她。可诺雅不同意这个安排。她没有危险，她反驳道，火还远着呢。为了转移话题，她问起父亲考古挖掘的情况。"我们正忙着分析一些被烧毁的砖块的检测结果呢。"莱纳德开始热情描述起了最新的考古进展。检测显示，这些砖块被发掘时的结构并不是它们最初的状态，它们是在一座更古老的城市被摧毁后又被拿来重新利用的。砖块被火烧时，会永久记录下当时的地球磁场北极。这个事实她从小就知道，可现在，

---

[1] 英美制面积单位，1英亩约合4047平方米。

她任由父亲喋喋不休地说着，在此期间，她喝完麦片碗里剩下的牛奶，将碗洗干净，碗口向下，放到架子上沥干水分。莱纳德总喜欢说，他要把现存的十世纪古迹翻个底朝天，他要找出到底是谁摧毁了那个铁器时代的城市。诺雅本想告诉他拉比打电话来说的事，可还没等她开口，莱纳德就被他的副手或副手的副手喊走了，他们需要他的专业指导。他说，他晚些时候会再给她打电话，到那时他们再讨论最重要的事。

诺雅看了眼时间，上班快迟到了。沙发旁边的地板上有件衬衣，她捡起来闻了闻衣服的腋窝处，然后从头上套了进去，压根儿懒得解扣子、扣扣子，也懒得穿内衣。十四岁前，她的胸都是平的，发育后，也只长出两个小小的圆丘，她的身体仿佛是不情愿变得成熟。莫妮卡一直坚持带她去买文胸，可她几乎不需要它们。

她喜欢花店里温暖的空气，以及始终存在的仪式感。在这里，总有什么事发生在什么人身上，总有人生中或悲或喜的现实值得纪念。前一天，他们刚扎了二十五束婚宴上要用的台花。那些小牡丹被送来时都还是含苞待放的，要用温水才能泡开。诺雅把茎秆底部的叶子摘掉，再插进银花盆摆好。本来新娘要的是丁香，可因为大火，货运被耽搁了。新娘身边围绕着一圈又一圈鞍前马后效力的人，新娘本人接受了这个失望的现实，可伴娘却时不时打来电话，告诉他们新娘有多生气。

诺雅在昨天穿的短裤口袋里找到了车钥匙，走出门去。热浪已经持续了一周多的时间，车里就像个大熔炉，可她没时间等它凉快下来了,她在座位上铺了条旧毛巾,免得大腿被烫到。邻居弗兰克尔老先生穿着皱巴巴的睡袍,站在自家前院干枯的草坪上。弗兰克尔家的房子跟他们家的房子一模一样,都是一个开发商建造的。诺雅小时候,弗兰克尔太太有时会邀请她过去,在餐厅里给她小饼干吃,那间餐厅跟他们家的餐厅也是一模一样的,唯一的不同在于里面摆满了各种玻璃家具和弗兰克尔太太收集来的各种犹太装饰品。弗兰克尔太太是皇后区的人,她属于新世界,就像弗兰克尔先生属于旧世界一样,弗兰克尔先生是战时跟着父母一起从欧洲逃出来的。他们家通往浴室的过道里挂着弗兰克尔先生已逝家人的黑白照片。可慢慢地,随着岁月流逝,隔开他们两家后院的那丛竹子越长越密,没法再走人了,诺雅也渐渐长大,不再去他们家了。莱纳德偶尔还会过去,帮弗兰克尔夫妇修点什么东西,或帮弗兰克尔先生处理他看不懂的银行信件。几个月前,弗兰克尔太太在睡梦中突然中风,与世长辞。莱纳德、莫妮卡和诺雅去参加葬礼,一踏进弗兰克尔家,一股被遗忘已久的气息就向诺雅迎面扑来。后来,莱纳德告诉他们,弗兰克尔先生曾把他拉到一旁,就在弗兰克尔太太去世前两晚的那间卧室里,他私下告诉莱纳德,他以前在花园里埋了点东西,现在需要把它挖出来。一开始,弗兰克尔先生还不想说要挖的是什么,可当他发现不说实话就没法让莱纳德帮他时,他只好拉开梳妆台最上面的抽屉,将一张小心折好的收据递给莱纳德。那是一张一百五十个克鲁格金币的收据,购于一九七三年。在四十多年的时间里,这些金币静静地躺在花园地底下，用塑料布裹着，密封在两个麦斯威尔咖啡罐中。只是，他忘记具体埋在哪里了。可为什么呢？莱纳德问。为什么一开始要把它们埋起来呢？弗兰克尔先生举起满是黑斑的双手。他只说了句"以防万一"，便不再多说了。此时，诺雅很好奇，莱纳德到底有没有帮弗兰克尔先生找到金币。她很想停下脚步，去问问弗兰克尔先生，可她已经迟到了。

她把车开到街道尽头，才突然想起拉比交代的事，她把手放在变速杆上暂停片刻，反复思量着。接着，她掉转车头开了回来，跑进厨房，拿着州高等法院寄来的那个信封又冲了出来。诺雅把信封抱在胸前，对着弗兰克尔先生喊了一声，他正抬头看着明亮的天空。诺雅也抬头望去，一架直升机正悬在头顶，搅动着烟雾弥漫的空气。

到花店时，他们已经在把花盆往小货车上搬了。新娘并不在意失控的大火、无数被烧焦的树木、被摧毁的房屋，也不在乎两位已在火灾中牺牲的消防员：婚礼无论如何都将照常进行。"不怕牺牲，排除万难。"新娘的父亲是这么说的，尽管这句话很不适合描述眼前的这场自然灾害，他还威胁说，如果花束不按时送达，他就要起诉花店。他的公司可是这家小花店的重要客户，所以花店老板不遗余力也要确保将小牡丹按时送到举行婚礼的房子去——更何况送的不是丁香，已经惹得客户生气了。

诺雅的老板从帘子般的棕榈叶后面伸出头叫她。

"公路封了，波比还没来。我需要你跟着尼克一起去送花。"

她帮他把花盆搬进小货车。一共二十五盆，外加盒子里的三束大捧花和新娘捧花。诺雅刚把最后一盆花放进阴凉的货车车厢时，屁股口袋里的手机就震动起来。是母亲，她任由它震动着。可莫妮卡很坚持，绝不放弃。

"我在工作呢！"

"为什么还在工作？莱纳德说你去伯克威兹家了啊！"

诺雅用肩膀把手机夹在耳边，开始用橡皮筋将花盆固定起来："我还没跟伯克威兹打电话呢。我们要准备婚礼。"

"什么婚礼？什么人在这个时候结婚？"

"我现在要送花了。我得走了。"

"我一上午都在看网上的新闻。他们说火——"

诺雅砰地关上货车后门，绕到副驾驶座，尼克发动了引擎。

"我真的要挂了，回头打给你。"她果断打断了母亲的话。

"火势很严重啊，诺雅。这种时候你不应该开车在城里到处跑了。不安全。"

"没关系的。公路都还能走，火离我们还远着呢。我迟点再给你打电话。代我向外祖母问好。"

"她不记得你了。昨天，她以为我是她母亲。"

诺雅觉得一阵刺痛，但她并没有把想说的话说出口：这个家在分崩离析。她只坚定地说了句再见，便把手机放回口袋。

她脱掉凉鞋，把脚趾踩在脚垫上。窗外的棕榈树在风中摇摆。她想，要是外祖母还足够清醒，得知了莫妮卡和莱纳德离婚的消息，只怕会又震惊又愤怒吧。她可能会有各种夸张的反应，但绝不会欣然接受。也许，莫妮卡是特地等到母亲患上了老年痴呆症才提出离婚的，这样对她们俩来说都省去了不必要的麻烦。又或者，也许正是因为外祖母的病情——她一步步走向死亡的现实，让莫妮卡深刻体会到了时间不等人，如果她对人生还有所期待，那就得抓紧时间。又或者，这整件事是莱纳德的主意？父母在她们面前总是统一战线，两个女儿无从知晓到底是谁先提出离婚的。没有人伤心，每个人都得到了自己想要的。他们一致同意，不再需要就如何度过各自的余生达成共识了。

有关火情的报道还在源源不断地播出，翻来覆去地重复着一些事实。飞机从空中投下数吨水和灭火剂，努力把火情控制在一个缓冲区内；消防人员列队奋战，将一切可燃的东西砍掉。小货车一离开海边的公路，车里的空调立马就有了烟味。尼克关掉收音机。这是他最后一个月工作了，七月底他就要搬到北边去。他告诉诺雅，他准备在朋友的土地上建一个蒙古包。住在圆圆的、没有棱角的房子里一定会有不同的体验，他说。他用空闲的一只手从手机里翻出一张照片，是从蒙古包能看到的远方的青山。他正在学习生物动力农耕法。那块地是合作耕种的，大家以可持续发展和社区发展为目标团结在一起。夏天，大家都在尤巴河里裸泳。他给她看了一张尤巴河的照片，暴雨过后，混浊的河水奔涌湍急。现在，它应该很清澈了，他说，那条河是从高山上流下来的，清得能看到花岗岩的河床。

尼克大概是不相信婚姻的，他们朝新娘家位于山上的房子开去时，诺雅得出了这个结论。他甚至可能都不相信一夫一妻制，认为它是和房屋棱角一样过时的习俗吧。莫妮卡和莱纳德是不是也不再相信婚姻了？那她呢？她相信什么？她想起了盖比，她带着心痛的欲望，想着他的身体，他身上散发的气息，以及她把手指伸进他内裤腰带时他猛地缩紧的肚子，还有他高潮时脸上的表情。现在，应该有别的女孩见过那表情了，那是种既愉悦又痛苦的表情。说不定，就是他当救生员时的那个泳池边的女孩。她满头秀发，穿着比基尼泳衣，包在泳衣里的一对胸脯像两个完美的橙子，她肯定会毫不犹豫地同他上床的。诺雅想象着此时盖比正吻着那女孩的双唇，不由得生出一种嫉妒与痛苦交织的渴求。她脸颊一热，转头望向窗外。

新娘家里，有个男人正在泳池旁用长长的网子把水里的蓝楹花捞出来。院子里竖起一个带薄纱的白色帐篷，为宾客遮挡阳光和强风，帐篷里传出锤打的声音。婚礼策划人来迎接他们，领他们走过一条两旁摆满了薰衣草的小路。诺雅摘下一朵薰衣草花，用手指捏碎。它的气味让她想起了以色列，想起了集体农场上刷着灰泥的房子，以及点缀在花园中的用旧拖拉机零件改造的花盆，形状大小各异的多肉植物从花盆里蔓了出来。帐篷里有二十四张圆桌,铺着洁白的桌布,还搭了一处较高的平台,上面摆着新娘新郎要坐的一张桌子。

他们把花从货车上搬进帐篷时,新娘的母亲从房子里走了出来,大声喊着婚礼策划人,策划人正忙着打电话下指令,没有听到。新娘母亲穿着高跟鞋,焦急地走过舞池木地板,发出噔噔响声。她停下来检查诺雅刚刚摆好的台花。她用手指抚过花瓣,本就耷拉的脸垮得更厉害了。她的门牙上有口红印。这花太小了,她说,我们要的是丁香,我女儿一定会不高兴的。

诺雅低下头,再次感觉到脖子后面升腾的热浪。这些人以为自己是谁?为了几束花叫叫嚷嚷的。几英里[1]之外,有人正失去家园,有人在与火灾的残忍搏斗中失去了生命,他们却在庆祝?她觉得如果她此时张口回答,也许会无法控制自己,不知道会说出什么话,于是,她叫来尼克,自己则回到了货车上。

在阴凉的车厢里,她闭上眼睛,舒了口气。她默默积攒了几个月的怒火,早已准备好发泄出来了。和盖比分手前,她开始无缘无故找他的碴儿,在最微不足道的小事上小题大做。她只想一个人待着,可等他一走,她又因为他的离开愤怒不已。她像个孩子般蜷缩在他怀里,可如果他不经意间说了什么惹到她,她就会冷冰冰地转过身,满心委屈,哪怕是她再想伸手拥抱他,她也会拼命忍住。她一直没有同意和他发生关系。他不是处男了,可她还是处女,这种不对等让她心烦意乱。她并

---

[1] 英美制长度单位,1 英里约合 1.6 千米。

不是对自己的第一次抱有浪漫的幻想。可她非常清楚，他们真正发生关系的那一刻在他们俩的人生中将有不同的意义，而且不是一时，而是永远。在他忘记诺雅之后很久很久，他都还会记得他的第一个女孩，而诺雅也许会永远记得他。"你就干脆点，做个决定吧！"他们在分手前，他曾冲她这样喊。可她再一次从热情变得冷漠，转过身背对着他。但除了纠结要不要跟他发生关系这件事，她到底怎么了？他八月就要去上大学了。他会找一个女朋友的，一个比她更随和、更轻松、更漂亮的女孩。她把这些话告诉他，他说不会，可她仍冷静而现实地坚持自己的看法，仿佛自己是坚不可摧的。

她一直是这样的吗？她的独立关乎尊严。莫妮卡和莱纳德说她从婴儿开始就是如此了。他们说过她很小时候的一个故事，她还只有两岁时，第一天走进幼儿园，就没有回头看一眼。她爬上摇摇木马，其他小孩想轮流骑上去时，她就尖叫。她跨坐在木马上，又顽固又蛮横，拼尽全力地大叫着，让其他孩子不敢靠近。诺雅从未质疑过这个故事的真实性，这就和父母对孩子们说起的关于他们小时候的故事一样，是用来证明孩子性格的。可她为什么没有在幼儿园门口畏缩不前，紧紧贴着母亲？难道不是因为在她变得独立并把独立当作一种尊严之前，她就不得不独立了吗？难道不是因为她把自尊当作掩饰脆弱的一种力量，到最后它就真的成了一种力量吗？可这些力量是从现实需要中生成的，它的基础从来都不牢固。它建立在一个黑洞之上。如果莫妮卡是那种能让她依靠的母亲，难道她会不愿意紧紧贴着她，而宁愿去寻找摇摇木马的安慰吗？

尼克回来了，他说花店老板正带着一批新的鲜花赶来，要重新扎捧花。他们在货车里等待着，将空调调到了最大风力。诺雅的手机又响了，是莱纳德，她没有接，让电话自动转到了语音留言。她能想象他此时身在何处，他一定站在暮色中的某处遗址上。他脚下的圆丘是缓慢积累起来的人造古迹：一层又一层远古生活和毁灭的痕迹，从公元前七千年一直延续到"圣经"时代。它们可都是"圣经"考古学皇冠上的瑰宝啊！他从来不会让任何人忘记这一点。每年夏天开始时，他都会对学生们说，整个以色列没有哪个地方的青铜时代和铁器时代的文物比这里的多。他望向南边的杰斯列河谷，目光落在远处撒玛利亚的青山间，那风景让他心中一阵悸动：想想埋藏在那里的无数秘密吧！可它们是他这辈子都触碰不到的禁区！站在圆丘上，莱纳德给她留了条信息。她不用听也知道他说了什么。可她是不会去伯克威兹夫妇家的。

尼克拿出卷烟纸和一铁盒烟草。他捏出一缕来，用手指搓着，将搓碎的烟草撒到折好的纸上。她平常并不喜欢抽烟，可此时她太无聊、太烦躁了，所以也抽了几口。烟雾灼烧着她的喉咙，但很快她的胸口就放松下来，脑子也飘飘然了。

她要上厕所了，她从货车上下来，朝房子走去。巨大的前门是开着的，负责餐饮的工作人员急匆匆地进进出出。她拦住一个肩上扛着一箱博若莱葡萄酒的工作人员，问他洗手间怎么走。"去厨房问问吧。"他朝屋里打了个手势。

屋里阴暗凉爽。透过书房的铅玻璃，窗外的花园变成了一团模糊而暗淡的绿色。诺雅走进铺着橡木板的过道，一切仿佛比正常情况下显得更加遥远。她走到第一扇门前，试着推开，发现里面是个壁柜，装着满满一柜高尔夫球杆。很快，她又走到了厨房，厨房里正忙得热火朝天。三个戴白色纸帽、穿着格子裤的厨师正在向其他工作人员下达指令。甚至都没人看她一眼，他们正忙着给两百五十个人做饭呢。诺雅沿着过道继续往前走，一直走到铺着地毯的宽敞楼梯前。她确实尿急了，她走上了楼梯。

楼梯平台处放着一张圆桌面、铁桌脚的古董桌。大理石的桌面上，展示着一个女孩九岁、十二岁和十六岁左右时的照片。再往前一点有一扇门，诺雅从门缝里瞥到了一个闪闪发亮的黄铜水龙头。她连忙走进去，锁上门，如释重负地坐到马桶上，甩掉了脚上的凉鞋。她坐了一会儿，觉得既放松又宁静。她听到墙外传来笑声，但也有可能是哭声。要是她有天要结婚，她就私奔，她下定了决心。或是办一场潜水婚礼，反正要找一个不会让人充满期待的地方。眼前这样的婚礼好像只会增添麻烦。

有人轻轻转动了门把手。诺雅站起身，打开水龙头。"稍等。"她大声喊，她用柔软的毛圈毛巾飞快地擦干手，把门打开。门外是照片里的那个女孩，她穿着婚纱，把裙摆搂在腰间，站在门口。她比照片里显得大一些，但还是很年轻，她的脸不知为何有点像猴子，但又算不上丑。她应该不超过二十三岁。

"啊，"她很惊讶，"你是谁？"

"我是餐饮公司的。"诺雅撒了个谎。

新娘犹豫片刻，可由于屋里的每个人都在她的指挥之下，所以她不再多想，转过身，拨开今天早上才刚烫好的波浪卷发。

"你能帮我把拉链拉上吗？"

诺雅又在自己的短裤上擦了擦手，拿起小小的拉链头。她用力把它拉上去时，拉链两侧的布料绷得紧紧的。她以为它会裂开，但最后，它还是通过了新娘宽阔后背最宽的位置，顺利到达顶端。

"我以前是游泳运动员。"她一边解释着，一边转身看向诺雅。仿佛是为了证明这一点，这位游泳运动员新娘的眼睫毛都是湿漉漉的，像是刚从水下浮上来。又或者，它就是诺雅刚才隔墙听到的哭声的来源。

"你过来，我还需要你帮我点忙。"

诺雅不喜欢被人呼来喝去，可她无法抵抗自己的好奇心。她跟着新娘走进卧室，卧室里装饰着她获得的第一名和第二名的奖牌，不仅有游泳比赛的，还有马术比赛的。墙上的相框里挂着一幅幅马的照片，如同她亲爱的家人。桌上的玻璃架子上，展示着她收藏的各式凯蒂猫的橡皮擦和卷笔刀。诺雅以前也收藏过类似的东西，她彻底忘记了它们，此时再次见到它们让她激动地回忆起了童年。一时冲动下，她猛地伸出手，拿起一个橡皮擦，在新娘转身之前，把它塞进了自己的口袋里，像个小孩一样。

"我穿这个走不了路了。"新娘指了指脚上的银色高跟鞋。

她看起来确实笨手笨脚的,她的脚趾用力抠着地板。诺雅不知道她的伴娘们去哪儿了,也不知道谁才应该是引导她走完最后这段路程的人,这一段路很容易被人忽略,但路上同样充满了风险,也可能埋伏着怀疑与困惑。在犹太人的婚礼上,新娘是应该得到王后般待遇和皇室般照顾的,这个习俗虽然古老,但体现了人类心理学的智慧,反映了人们心灵的脆弱。是的,心灵的脆弱和身体上的羞耻,因为犹太教的新娘在结婚前是从未跟男人发生过关系的,犹太教的新郎在结婚前也从未跟女人发生过关系,可他们却要在结婚仪式结束后立马扭转这一局面。所以,皇室般的待遇也许是为了将新娘的注意力从任何可能的恐惧上转移开。

新娘苍白的额头皱了起来。

"我要是穿这双鞋,肯定会摔个狗啃屎的,我发誓。"

新娘完全没有看出这整件事的荒谬之处,一丁点也没看出来,这让诺雅有些烦躁。她看到床脚有一双被踢飞的旧帆布鞋,便指着它们问:

"那双鞋怎么样?"

新娘笑了。她的双眸闪闪发亮。诺雅觉得她好像有点疯了。她踢掉脚上的高跟鞋,抱起婚纱的裙摆,恢复了天生的灵敏,跳过房间。她身上的肌肉很结实,那是在游泳联赛和对马匹的操控中锻炼出来的,她生来就是要赢不要输的,她的身体似乎比她的头脑更了解自己。她懒得解鞋带,把脚直接塞进了帆布鞋，接着，她像跳舞一样蹦到衣柜的镜子前。她打量着镜中自己的模样，可笑容却从嘴边消失了。

两人沉默良久。突然，新娘在镜中捕捉到了诺雅的目光。

"你不是餐饮公司的。"她阴沉地说。

诺雅不说话。

"我从你手指甲里的泥巴就看得出来。"

确实，她的指甲缝是黑的。整个夏天，只有在游泳的时候，她手指甲里的花土才能被彻底洗干净。

诺雅耸耸肩，毫不在意自己的谎言被当场揭穿。内心深处，她对自己给出的理由总是理直气壮，这也让她经常觉得别人的理由都不充分，这个特质是她从莱纳德那里继承来的，盖比常说这是一种傲慢。可每个人不都是坚信自己的理由是无懈可击的吗？当然不是每个人都这样，盖比说，至少很多人觉得，自己是有可能搞错的，最起码，他们不会认为别人的想法都是精神不正常。诺雅接受了他的观点，哪怕只是为了证明自己是开放包容的。而这一点也不是她的独创：莱纳德在遇到别人指责自己顽固时，也会在那一天剩下的时间里表现得宽宏大度，可等他一忘记这事，便又会恢复原样。

"我不想因为花的事惹你生气。你母亲说你不会喜欢我们送来的捧花。店里没有丁香了，而且那些捧花都很小，需要重新准备。我们正在等老板送更多的花来。"

"我母亲。"新娘哀叹一声，像是刚刚被诺雅提醒，想起了什么坏消息。可她不再多说，把注意力重新转到手头的任务上，她从床上拿起一大团薄纱，递给诺雅。这是新娘的面纱，连在一把玳瑁壳的小梳子上。新娘又转过身，这一次是为了让诺雅看清楚该把小梳子插在哪里，新娘的头发用小发夹松松地绾了个发髻，喷了发胶定型，诺雅费了一番力气，才把梳齿插进那一大团头发里。最后，小梳子终于固定好了，新娘转回来，庄重地低下头，等诺雅帮她把面纱放下来。在这气氛的感染下，她闭上了眼睛。她的五官消失在薄纱后，变得温柔又模糊。诺雅不由得打了个哆嗦，仿佛她真的就是最后一个看到新娘这张脸的人——因为接下来不管发生什么，无论是庄严地承诺责任，还是被诱惑着去探索隐秘的智慧，都会让这张脸永远地发生改变。新娘缓缓转身，看着镜子里的自己，诺雅也转过身，被自己在镜中的模样吓了一跳，她又高又瘦，胸脯扁平，指甲缝里全是泥巴，她突然变得像个小男孩，仿佛她所有的女性魅力都被这位穿着圣洁白色婚纱的新娘偷走了。

可她没时间进一步研究她们俩的变化了，因为新娘母亲的尖叫声从楼梯底下传来，带着对这场婚礼还不够完美的焦虑，或者，出于更深层次的原因，带着她唯一的孩子从此要忠于另一个人的伤心。两个姑娘的目光在镜中交汇，一瞬间，千言万语尽在不言中，只是诺雅未能完全明白。她嘟囔着对新娘说了句"祝你好运"，便匆匆溜出卧室，躲进了卫生间，直到新娘母亲走了以后，她才下楼，回到货车上。

等他们再回到花店时，已是下午三点，可他们还有更多工作要做。人们想要庆祝某个纪念日的热情、渴望、悲伤或欲望，似乎并没有因为火灾而暂停，而这一切都需要鲜花。由于人手不够，诺雅的老板希雅拉请求诺雅留下来帮忙，等所有订单都完成时，已经七点多钟了。收音机不间断地播送着火情：又有两名消防员牺牲了，成百上千户家庭被迫撤离。几年前，希雅拉的儿子因为脑瘤去世，所以她早已习惯了自己私生活和别人人生庆典的割裂，她默默地在切割台旁忙碌着。诺雅绑完最后一束捧花，这束花很有热带风情，花哨的天堂鸟花搭配着蕨类植物的叶子。她在巨大的金属水槽里把手洗干净。她用刷子刷指甲时，想起了那位新娘，此时她应该完婚了。

直到她坐上自己的车，看到副驾驶座上高等法院的信封时，她才想起自己对拉比的承诺。她累得精疲力尽，胸中积累的悲哀此时正恳求着她将它们释放出来。她多想回到充满熟悉气味的家中，瘫倒在沙发上看会儿电视啊。可拉比明天就要动身去波兰了，如果拿不到必要的文件，那一切都还不能结束。他说过，做什么事都要有条有理，而所有因为被打破、被颠倒、被取消、被废止而引起的混乱都可以通过简单的犹太法庭官方档案的整理，神奇地恢复秩序。诺雅很清楚，自己心里的混乱将长期存在，也许还将永远存在，虽然她无意恢复内心的秩序，但她也不想成为其中的障碍。她把拉比的地址输入手机，不去理会手机显示的父母打来的未接来电和发来的未读短信。她已反复重申自己的决定，最终，他们只能接受。他们所在的时区时间已晚，火灾离他们又有十万八千里，此时他们应该都睡觉了，因为她的手机已经安静了好几个钟头。她发现拉比的地址在她不熟悉的一个社区，但开车去只要二十分钟，离拉比主持离婚仪式的犹太教堂不远——如果"主持"这个词没用错的话。她知道，如果封了路，路上的车辆就会比预计的更多，她开车去那儿也许要花更长时间，但她还是按照GPS指示的方向掉转了车头。

这个社区的房屋都很低调，鲜花装饰着朴素的屋前草坪。暮色中，哈西德派教徒们鱼贯而过，无视炎热天气，统统穿着黑色西装，女人们穿着长袖长裙，或推或拉着孩子，弯着腰匆匆前行。"这些人，总是匆匆忙忙的"——诺雅在自己脑海中听到莱纳德的声音这么说。他们急匆匆地去参加最后一场成人礼，可犹太历史、犹太人命运的伟大记录者，弥赛亚本人却从来不曾匆忙过。

拉比的家和别人家一样，平庸得毫无特色，唯一的不同是外面树下有一把铝合金椅子，尼龙的座位深深陷了下去，像是有人长时间坐在上面思考过。可当诺雅停好车，沿对角线穿过草坪，朝大门走去时，她看见椅子周围的草坪上散落着不少烟蒂，看来这椅子只是拉比抽烟的地方，他妻子大概不容许他养成在家里抽烟的坏习惯吧。

诺雅把莱纳德和莫妮卡的离婚文书夹在胳膊下，按响了门铃。门开了，可开门的并不是拉比的妻子，而是那个留着稀疏金色胡须的年轻助手。他看到诺雅时，惊喜得眼前一亮。她问拉比是否在家,并举起信封作为解释。不在,年轻的拉比回答,全家人都去参加婚礼了。"怎么都在今天结婚?"诺雅说。年轻的拉比挑起眉毛,微微一笑。她攥着信封,并不准备就此放弃。"你想进来坐坐吗?"他问。

诺雅不知道他是否听说了火灾的消息,从这里闻不到任何气味。屋里厨房的桌上摆着一碗水果,是梨子和紫葡萄,果皮成熟,带着白霜。"坐吧。"他指着一把椅子说。他用水壶烧水泡茶,给她用玻璃杯把茶倒来。她小口喝着,很感激他这小小的友善之举。她看到他在厨房里忙碌时显得既熟悉又轻松,这才反应过来,这个人不仅是拉比的助手,还应该是他的儿子。他在诺雅对面坐下,将一勺糖倒进自己的玻璃杯里搅拌,他喝之前嘴唇默默嚅动着,说了祷语。

"诺雅,对吧?"他说。

她记得举行离婚仪式的那天她并没有做自我介绍,但他一定是听到了她的父母或姐姐叫她的名字吧。

"我叫艾维尔,大家都叫我艾维。"他说。

诺雅饥渴地看着那碗水果,艾维敏感地察觉到了,把碗朝她推过来。

"请随便吃。"他说,接着,他站起身给她拿来了一个盘子和一把小刀。她想起经常站在街角的那些哈西德教徒,他们拦住路人,问他们是不是犹太人,需不需要安息日蜡烛,需不需要戴上经文匣,诺雅不知道艾维的热情是不是仅仅出于现实的需要,是拉比命令他如此待客,以拉拢任性倔强的犹太人,让他们加入奉行上帝旨意的行列，让弥赛亚的到来早日实现。

"你父母还好吧？"他问。他并不认识她的父母，可他见证了他们人生中一个重要的私密时刻，所以，他不同于一般的陌生人。

"他们都走了，"诺雅回答，"莱纳德是考古学家，每年夏天他都要回以色列搞考古挖掘。莫妮卡现在在维也纳，照顾我外祖母。"

"你留下来了？"他问。

诺雅一边切着梨子，一边跟他说起了自己在花店的工作，以及她想要攒钱明年夏天去旅游的计划。她跟父母去过很多地方，但从未去过南美洲。如果她到了智利还有足够的钱，她就要去复活节岛，去亲眼看看那些用火山石雕出来的巨大头像，她在小时候第一次看到那些奇怪脸庞的照片后，就一直念念不忘。在很长一段时间里，没人知道它们最初的创造者是怎么把它们从码头运到海岸，放到巨大的平台上，并让它们的脸都朝着岛内的方向。几年后，莱纳德告诉她，研究人员终于发现那些人是怎么做到时，她非常失望，一点也不想知道答案，她宁愿让它们保持神秘。这就是她和莱纳德的不同，莱纳德一辈子都忙着挖掘事情最深处的真相。身为比较文学教授的莫妮卡也是不遗余力地钻研德语和希伯来语的文本意义。诺雅很担心，她至今还想不出哪个职业既能吸引自己，又能让自己对神秘事物的这种爱好发挥作用。

艾维饶有兴致地听着，仿佛在想象她正独自乘坐公交车在丛林中穿梭,绕过危险曲折的山路,朝着童年之谜前行。他也喜欢旅游,他最近才从曼谷回来,他在那里待了两年,负责经营犹太社区。他见识过更广阔的世界,也许这就能解释诺雅从他脸上看到的那种心照不宣的默契。她想起来,在离婚仪式上,她曾发现他偷偷盯着自己,此时,她又在他眼中看到了那种闪烁的光芒,那种与他的黑西装不一致的好奇。草坪椅子周围的烟蒂一定都是他的,不是老拉比的,他大概是在泰国养成抽烟习惯的吧。诺雅想,在他的世界中,好奇心到底处于什么样的位置呢?

"那你呢?大家都去参加婚礼了,你为什么留在家里?"

"婚礼多的是。我母亲有七个兄弟姐妹。差不多每个月我都有亲戚结婚。"

她觉得她应该把信封交给他,然后离开,但有什么东西留住了她。艾维的手指放在他的空茶杯上,又修长,又纤细。她发现他盯着自己裸露的双腿,一想到在这间厨房里可能还从没有人被他如此盯过,她突然有了一种掌控感。

"那你呢?你什么时候结婚?"

窗外的天色越来越暗。

"明年吧,若上帝许可。"

他们继续聊着。他问她莱纳德在以色列的工作,她告诉了他米吉多古城的故事,它由二十五个文明的遗迹组成,那些文明兴起又衰落,被地震或大火毁灭,直至下一个文明在遗址之上重建起来。二十年来,莱纳德是怎么发掘那一层又一层的遗址，为了了解曾在那里生活又死去的人们的真相，他不惜再次毁灭它们。"是怎么毁灭的呢？"听得入迷的艾维问道。于是，诺雅描述起了父亲进展缓慢但有条有理的工作过程。每天他们都要收集并整理一筐筐的碎片，利用碳-14来确定其中的生物是什么时候停止存活的，比如，遗留在杯子里的一粒种子或一颗谷物。她说着说着，从他身上察觉到了一种熟悉的悸动，它混合着好奇与恐惧，她小时候也经常会有这种感觉。她站在遥远未来的有利角度，观察着周围的一切，迫切地想要知道他们能否从遗留的碎片中拼凑出那些已经消失的信仰、希望和渴求，来解开为什么她和她身边的这些人终有一天会消失的谜团。

他等着她继续说，可她已经词穷了。最后，她把手指放在装着离婚判决书的信封边缘，把信封推到桌子对面。她的父母正在遥远的地方过着各自的生活。艾维拿过信封，用纤细的双手把它举起来，在半空停留了片刻，然后将它放在拉比一回来就能看见的柜子上。诺雅站起身，像是要走，可就在她起身的一瞬间，她从身体深处就清楚地知道了，她是不会走的。她站在那里，左右摇晃。艾维惊诧地观察着她。最后，她朝他跨出一步，她的手指仿佛摸索了很久，最后，终于触碰到了他脸上的金色胡须。他闭上眼睛，嘴唇嚅动着。她用自己的双唇温柔地覆上他的双唇，像是要让它们平静下来，可它们并没有平静，反而是她听到了它们用一种古老语言诉说的话语。此时，他睁开眼睛，她松开嘴，解起了自己衬衫的扣子。虽然她的胸部并不丰满，但她仍然认为这是上天赐予自己的礼物。她屏住呼吸，打了个哆嗦。她脱掉短裤，任它掉落到地板上。她正准备抬脚时，他突然惊恐地转头朝窗户望去，仿佛是害怕外面有人会好奇地偷看屋里发生的一切；又仿佛是害怕大火正朝他们烧来，越逼越近，如同所有扫清旧秩序、为新秩序让位的大火一样，势不可当。他用汗涔涔的一只手抓紧她的手，领着她穿过昏暗的客厅，朝他位于房子后面的小卧室走去。在那里，在狭窄的单人床上，她给了他她想给的东西，从他那里得到了她需要的东西，当撕裂的疼痛贯穿她的身体时，她咬住他的肩膀，让自己不要哭泣，她对这上天的恩赐无话可说。

见到厄沙迪[1]

当时,我进公司已有一年多的时间了。自从我第一次看到这位编舞指导的作品,我就一直梦想为他跳舞,十年中,我一心只想着加入他的公司。在年复一年的严苛训练中,我牺牲了需要牺牲的一切。最后,我终于获得面试机会,而他也真的邀请我加入他的公司,我抛下一切,飞来特拉维夫。我们每天从中午排练到下午五点,我毫无保留地投入排练,毫无保留地献出自己的全部精力。有时候,某种情绪会从心底冲上来,突然爆发,让我不自觉地流下眼泪。我在酒吧和咖啡馆跟别人碰面时,都会兴奋地说起与这位编舞指导一起工作的心情,并告诉他们,我觉得自己时时刻刻总能有新的发现。直到有一天,我突然意识到,我已变得过于狂热。我原本认为的全心投入已跨过了界线,变成了一种别的东西。在此之前,我的快乐是纯粹

---

[1] Homayoun Ershadi,1947 年出生,伊朗演员。他主演的《樱桃的滋味》曾获 1997 年戛纳国际电影节最佳影片金棕榈奖。

的，这个清醒的意识成了那纯粹之上的一个黑点，我却不知道该怎么办。

排练结束后，精疲力尽的我要么走去海边，要么回家看一场电影，等时间晚了才会出来跟人碰面。我不能随心所欲地去海边，因为编舞指导说了，他希望我们全身上下的皮肤都和屁股一样白。我的脚踝得了肌腱炎，每次跳完舞都需要冰敷，所以那段时间，我发现自己看了不少电影，而且看的时候都是仰面躺着，把脚跷起来的。我把让-路易斯·特林提格南特的每一部电影都看了，直到最后他变得那么老态龙钟，一脚已踏进坟墓的模样开始让我觉得过于压抑，于是，我转去看路易斯·加瑞尔的电影，他英俊的长相仿佛可以永垂不朽。有时候，我朋友萝米不工作时，也会来跟我一起看电影。等我把加瑞尔的电影都看完时，已经到了冬天，反正游不了泳了，索性我又在家里待了两周，看英格玛·伯格曼的电影。新年那天，我下定决心，要戒掉伯格曼和我每天晚上抽的烟，于是，我下载了一部由伊朗导演阿巴斯·基亚罗斯塔米拍摄的电影《樱桃的滋味》，因为这个名字吸引了我，而且它拍摄的地点离瑞典很远。

电影一开场便是演员赫玛永·厄沙迪的脸。他饰演巴迪先生，这个中年男人正慢慢开着车，穿行在德黑兰的街道上找人，他扫视着聚集在一起嚷嚷着找活儿干的人群。没有找到他要找的人，他继续开车来到城外干旱的山区。他看到路旁的一个人时，放慢车速，主动提出可以捎他一程；但那人拒绝了，巴迪还想说服他，那人发了脾气，走开了，边走边脸色阴沉地回头看。巴迪继续开车，大概又开了五到七分钟——这在电影里简直可以算无穷无尽了——一位年轻的士兵出现了，他站在路边，打着想搭顺风车的手势，巴迪说可以把他捎去军营。他开始问这个孩子有关从军生活以及他在库尔德斯坦的家人的情况，他的问题越来越私密、越来越直接，士兵也越来越尴尬，很快便坐立不安了。电影演了二十几分钟后，巴迪终于开诚布公：他想找个人把自己埋了。他已经在这片干旱贫瘠的山区里找了一座山，在山边挖好了自己的坟，今天晚上他就计划吃了药，躺进坟墓里；他只需要找个人明天早上来检查他是不是真的死了，然后用二十铲土将他掩埋起来。

　　士兵打开车门，跳下车，飞也似的跑进了山里。巴迪的请求等于让他成为犯罪同谋，因为《古兰经》是禁止自杀的。镜头追随着士兵，他变得越来越小，直至最后完全消失在风景中，接着，镜头又转向厄沙迪英俊非凡的脸，这张脸在整部电影中几乎从头到尾都是毫无表情的，可它却传递出一种永远无法用表演来呈现的沉重与深情——它只可能来自被逼到了绝望边缘的切身体会。这部电影对巴迪先生的生活只字未提，也没有告诉我们是什么具体原因让他决定结束自己的生命。我们没有亲眼见证他的绝望。我们对他内心深处的一切了解都来自他毫无表情的脸，它也让我们得以了解演员赫玛永·厄沙迪的内心深处，可对这位演员的人生经历，我们知道的就更少了。我搜索了一下，发现厄沙迪曾是个建筑师，既没有接受过表演培训,也没有当演员的经验,基亚罗斯塔米发现他时,他正坐在自己车里,被堵在马路上,想什么想出了神,基亚罗斯塔米去敲他的车窗玻璃。这太容易理解了,你只需要看看他的脸:整个世界似乎都偏爱着他,仿佛比起他需要世界,世界更需要他。

他的脸仿佛对我施了魔法。又或者,是那部充满同情、结局令人大吃一惊的电影对我施了魔法,让我无法忘记。可话又说回来,你也可以说,在某种程度上,那部电影只有他的脸:他的脸和那些孤独的群山。

在那之后不久,天气又变得暖和了。我打开窗户,猫的气味飘进来,还有阳光、海水和橙子的味道。宽阔的街道两旁,无花果树冒出了新芽。我很想从这万物更新的景象中汲取些力量,成为它其中小小的一部分,可事实是,我的身体越来越虚弱了。我跳舞的时间越长,脚踝的情况就越糟糕,我每周都要吃光一瓶止痛药。公司又要开始巡演了,虽然这次要去的是我一直想去的日本,可我并不想去。我只想留在家里,好好休息,晒晒太阳,我想跟萝米一起躺在沙滩上,边抽烟边聊男孩子,但最后,我还是收拾了行李,跟着另外几个舞蹈演员一起坐车去了机场。

我们在东京有三场演出,接着有两天自由活动时间,我们一群人决定去京都。日本还是冬季。在从东京开出的火车上,窗外闪过无数小房子,它们有着厚重的瓦片屋顶和小小的窗户。我们找了间传统日式小旅馆住下,房间里铺着榻榻米,装着拉门，墙壁的颜色与质地和沙子一样。这里的一切都让我无法理解，我总是在犯错。我把浴室专用的拖鞋穿出了浴室，还穿着它走过了整个房间。我问给我们端来精致晚餐的女人，如果我把食物洒到了榻榻米上怎么办，她竟尖声大笑起来。要是她坐在椅子上，我怀疑她会笑得从椅子上摔下去。可整个房间里压根儿没有椅子。她没有回答，只是把给我的热毛巾的包装袋塞进了自己和服的袖口，可她的动作非常优雅，优雅到让人忘记她是在处理垃圾。

最后一天早上，我很早起床，拿了张地图便出门了，我在地图上标出了我想去看的寺庙。一切都还是光秃秃的，就连梅树都还没有开花，所以没什么东西会吸引大批拿相机的游客，在这些寺庙和花园中，我习惯了大部分时间只有我一个人，也习惯了只有在乌鸦响亮叫声下才显得越发深沉的静谧。所以，当我跨进南禅寺壮观的大门，遇上一大群叽叽喳喳的日本女人时，我很惊讶，她们在通往方丈房间的檐廊上，用唱歌般的声音开心地聊天。她们都穿着精美的丝绸和服，她身上的一切，从头上镶着珠宝的华丽发梳，到系着结的腰带和印花的抽绳小包，都仿佛来自另一个时代。唯一的例外是她们脚上朴素的棕色拖鞋，京都每个寺庙的入口都会提供这样的拖鞋，它们的尺码都很小，总让我想起彼得兔[1]在莴苣菜地里弄丢的那双

---

[1] Peter Rabbit，英国女作家兼插画家毕翠克丝·波特（Beatrix Potter）创作的绘本中的拟人角色。

鞋。前一天，我才试穿过，我把脚塞进去，试着走过光滑的木地板时，必须用脚趾头紧紧抠着鞋底，我穿着它们试图爬上楼梯，在差点摔断脖子后，我终于放弃了，我选择穿着袜子走在冰冷的木地板上。这也让我总是没办法暖和起来，穿着毛衣和外套还冻得瑟瑟发抖，我不禁好奇这些女人是怎么只穿着绫罗绸缎还没有被冻僵的，她们在系好、包好、固定好和服各个必要的部分时，会需要助手吗？

不知不觉中，我渐渐走到了这群女人中间，所以，当她们仿佛收到了某种秘密信号，开始统一行动时，我也被卷进了宽敞昏暗的室外走廊，被飘逸的丝绸和服和啪嗒作响的小拖鞋裹挟着向前走去。沿走廊大约走了二十英尺，人群停下来，这支仿佛变形虫一样的队伍吐出了一个穿着普通街头服饰的女人，她开始对其他人训话。我踮起脚尖，从这群女人的头顶恰好可以看到那座有四百年历史的禅境花园，它也是全日本最著名的禅境花园之一。花园里有被耙子耙过的碎石地面，还有小小的岩石、灌木和树丛，它不是要让人走进去看的，而是要让人在外面沉思的。在这群人驻足之处的旁边，就有一个供人沉思的空门廊。我试着敲了敲身边人的肩膀，请她们稍微让让，好让我出去，可人群好像只是变得更紧密了。无论我敲了谁的肩膀，她都会带着不知所措的表情向我转过头，朝左边或右边飞快地挪几小步，让我挤过去，可立马就会有另一个穿和服的女人拥上来填补空白，也许是出于天生的本能要纠正队伍的平衡，又或者只是为了更靠近导游吧。我的四面八方都被团团围住，我呼吸着她们身上令人眩晕的香水味，听着导游没完没了、我又完全听不懂的解说，开始觉得有点幽闭恐惧症了。可还没等我用更粗暴的方式强行挤出一条路，人群又突然开始行动了，我紧紧贴在方丈房间的外墙上，一动不动，迫使她们只能绕开我。在一片窸窸窣窣的拖鞋声中，她们走过了木地板。

我就是在那个时候看到他的，他沿着檐廊从对面走来。他看起来变老了，波浪卷的头发变成了银色，让他的黑眉毛显得越发严肃。他身上还有什么地方也不一样了。在电影中，影片是绝对有必要展现他健壮的体格的，当他开着车穿行在德黑兰郊外的山区时，基亚罗斯塔米通过把镜头聚焦在他宽阔的肩膀和强壮的身材上做到了这一点。哪怕是厄沙迪走下车，远眺贫瘠的山地，镜头离他还有段距离时，他的身材也显得那么令人生畏，这给了他一种力量感和权威感，再加上他眼神传达的深意，总让我有种想哭的冲动。可现在，当他沿着檐廊向我走来时，他简直算得上瘦削。他瘦了，可不仅仅是瘦：他宽阔的肩膀似乎也收缩了。我从后面看着他，开始怀疑他到底是不是厄沙迪。可就在失望的情绪开始像混凝土一样倾入我心里时，那个男人停下了脚步，转过身，像是听到有人喊他。他一动不动地站着，回头看着禅境花园，园里一块块象征老虎的大石头，都朝着一个它们永远也到不了的地方跃起。一束温柔的光落在他毫无表情的脸上。我又看到了那绝望边缘的表情。那一瞬间，我心里充满排山倒海的柔情，我只能称之为爱。

厄沙迪优雅地走过转角。跟我不同，他穿着那拖鞋走起路来毫无障碍。我开始追赶他,可一个穿和服的女人冒出来挡住我的去路。她朝人群挥着手,打着手势,此时那群女人正朝一间阴暗的方丈房间里张望。我不会说日语,我一边解释,一边想要绕过她,可她总跳到我面前,语无伦次地说个不停,还越来越固执地指着那群人,人群此时已穿过门厅,朝前面的花园走去——她们发出几乎让人察觉不到的窸窸窣窣的脚步声,就像是被成千上万只蚂蚁抬走的一样。"我不是旅游团的。"我说。我两手交叉,我见过当日本人想要表达什么事情搞错了,或是不可能发生,或是不能做的时候,就会打这个手势。"我只是要出去。"我说,我指着出口,和穿和服的女人指着人群一样固执。

她抓住我的胳膊,试图强行把我拉向另一个方向。也许是因为我打乱了整体微妙的平衡吧,这种平衡由无数细枝末节决定,是我,一个外国人,永远无法明白的。又或者,是我擅自离队,犯下了不可饶恕的过错。我再次有种无法理解的无知感,这种感觉将永远和我的日本之行联系在一起。"对不起,"我说,"可我现在真的要走了。"我猛地一扯,力气之大超出了我的本意,我挣脱她的拉扯,一路小跑冲向出口。可等我跑过转角时,厄沙迪已不见踪影。接待区空无一人,只有陈旧的木架子上摆着一排排日本女人的鞋子。我跑到外面,四处张望,可寺庙里只有大群的乌鸦,我从旁边跑过时,它们笨拙地飞向天空。

爱,我只能称其为爱,尽管它跟我经历过的其他恋爱都不一样。我所了解的爱，总是源于欲望，源于一种想要让无法控制的力量改变自己的冲动。可在我对厄沙迪的爱中，除了伟大的情感，我几乎是不存在的。如果说它是同情，听起来又像是一种神圣之爱，可它并不是，它是绝对人性化的。如果非要形容，我只能说它是动物的爱，这个动物一直生活在一个无法理喻的世界，直到有一天，它偶遇了它的同类，这才明白，原来是它自己从一开始就把理解力用在了错误的地方。

这听起来有些不着边际，可在那一刻，我的确觉得我能拯救厄沙迪。我还在奔跑，我从壮观的木头神门下跑过，脚步声在房梁间回荡。我的心头开始渗出一种恐惧，我害怕他要像他扮演的角色那样，计划结束自己的生命，我害怕我已经失去了上天让我阻止他的短暂机会。我跑到街道上，街上空无一人。我朝小河边著名的小径跑去，一路上我的挎包都在拍打着我的大腿。如果我追上了他，我该说什么呢？我该怎么问他关于献出生命的事呢？当他转过身，终于把目光落在我身上时，我想怎么样呢？这都没关系了，因为当我转过弯后，我发现整条小径上空无一人，树木是暗沉沉、光秃秃的。回到旅馆后，我趴在榻榻米上，开始上网搜索，可我没能找到任何有关赫玛永·厄沙迪的新闻，没有任何迹象能表明他此刻在日本旅行，或他是否还活着。

在回特拉维夫的飞机上，我心中的疑惑越发强烈。飞机在大片云层上滑翔，我们离日本越远，我就越觉得那个人不可能是厄沙迪，最后，一切都显得那么荒谬，就像和服、日式厕所、日本人的礼仪和茶道一样,它们在京都拥有一种无法改变的魔力,可一旦远离京都,就都变得荒唐了。

我回到特拉维夫后的那天晚上,跟萝米在酒吧见了面。我跟她说了在日本发生的事,但是用开玩笑的方式说的:我笑自己,哪怕只有一瞬间,我竟然真的相信自己看到的人就是厄沙迪,还跟在他后面追了一路。我讲这个故事时,萝米的大眼睛瞪得越发大了。她是演员,本来就很戏剧化,此时更是抬起一只手捂住心口,大喊着让服务员添酒,她拍了拍服务员的肩膀,她总是这样无意识地把别人拉进自己的世界,用强烈的情绪去感染别人。她和我四目相对,她从自己包里掏出一支香烟,点燃,深吸了一口。她把手从桌子对面伸过来,放在我的手掌里。接着,她歪着下巴,吐出一口烟雾,自始至终她一直盯着我的眼睛。

我不敢相信,最后,她用沙哑的嗓音低声说:"我也遇到过一模一样的事呢。"

我又笑了。萝米总能遇到疯狂的事:她的人生充满了无穷无尽的巧合和神秘的预兆。她是个演员,但不是表演家,这两者的区别在于她从心底坚信没有什么事是真实的,一切都只是游戏,她对这一点的信念是诚实的、深刻的、真切的,她对生活的感知是强烈的。换句话说,她活着不是为了说服别人相信任何事的。她身上总能发生疯狂的事,是因为她对它们的态度是开放的,她主动去寻找它们,她总是愿意尝试,但又不会对结果过于执着，她只在意尝试过程中的感受以及她应对它们的能力。她在出演的电影中，从来都只是她自己，只是她自己在不同的剧本中这样或那样的延伸。自我们成为好朋友的那一年起，我从没见过她撒谎。

"拜托，"我说，"你不是认真的吧。"可她从来都是绝对认真的，哪怕是大笑时也不例外，她的手还在桌上抓着我的手，她开始讲起了自己与厄沙迪的故事。

她是五六年前在伦敦看的《樱桃的滋味》。跟我一样，这部电影和厄沙迪的脸深深打动了她，甚至让她心烦意乱。不过，在最后一刻，她得到了释放的欢乐。是的，欢乐才能更好形容她当时的心情，她从电影院出来，在暮色中朝父亲的公寓走去。她父亲身患癌症，行将就木，她是来照顾他的。她三岁时，父母就离婚了，童年和青少年时期，她和父亲渐渐疏远，几乎到了断绝联系的程度，可在她当完兵之后，她经历了一段抑郁期，父亲来医院探望她，他在她的病床边陪她坐得越久，她也就越能原谅那么多年来对他的怨恨。从那时起，他们就一直保持着密切的联系。她经常去伦敦跟他住，有一段时间，她甚至去了伦敦的表演学校上学，跟他一起住在他位于贝尔赛兹公园的公寓里。几年后，他被确诊患上了癌症，接着开始了与病魔的漫长搏斗，他一度看上去快要赢了，可后来，结果越来越明显，他输了，输得毫无疑问。医生说他还有三个月时间。

萝米丢下她在特拉维夫的一切，搬到父亲的公寓，在那几个月的时间里，他的身体开始衰败，她始终守在他身旁，几乎不曾离开。他决定不再接受那些以毒攻毒的疗法，它们也只能将他的寿命延长几周或几个月而已。他希望带着尊严在平静中死去，但没人能真正在平静中死去，因为身体在通往生命毁灭的旅程中总是需要暴力的。那些大大小小的暴力形式就是他们日常生活的内容，只不过其中始终夹杂着父亲的幽默。他还能走路时，他们出去散步；他不再能走路后，他们就长时间在家看侦探连续剧和自然纪录片。在电视屏幕的荧光中，萝米看着父亲全神贯注的表情，她突然明白，他自己的人生故事很快就要结束了，所以他会对这些故事产生浓厚的兴趣。悬而未破的谋杀案和间谍的故事，屎壳郎努力把粪球推过小山的故事。他已虚弱得无法晚上下床去上厕所了，可他还是要逞强，每次萝米听到他摔倒在地的声音都会冲过去，搂着他的头，把他抱起来，因为他已经只有一个小孩子那么重了。

这段时间，她父亲连近在咫尺的厕所也没办法自己去了，全天值班的护士只能用她那乌克兰人的宽厚肩膀把他扛起来，也正是在这位护士的坚持下，萝米穿上外套，出了几个小时的门，去看了场电影。她对那部电影一无所知，她只是被名字吸引了，她在去医院或离开医院的路上看到过它的海报。

在几乎空荡荡的电影院里，她找了个靠后的位子。"全场只有五六名观众，"萝米说，"那种感觉跟电影院满座时完全不同，电影院坐满人时，银幕一亮起，你周围的人似乎都消失了，可现在，我能敏锐感觉到每一个人的存在，这些人也大多是独自来的。"影片中有很多段没有对话的场景，但有汽车的喇叭声、推土机的声音以及从看不见的地方传来的孩子笑声，当镜头停在厄沙迪的脸上时，萝米感觉到了自己的专注和其他人的专注。在那一刻，她突然明白巴迪先生为什么计划自杀，又为什么要找个人在第二天早晨埋葬自己了，她哭了起来。没过多久，一个女人站起身，走出影院，这反而让萝米感觉更好了，因为留下的人之间便有了心照不宣的关联。

我说过，我不会透露结局，可现在我明白，我没办法绕过它，我只能把它说出来，因为萝米坚信，如果电影的结局是正常的，那后来发生在我们俩身上的事就几乎可以确定不会发生了。在电影的结尾，巴迪先生应该是吞下了药丸，他还穿上一件轻便夹克以抵御寒冷，他刚在自己挖好的坑里躺下，周围的一切就变得暗淡，我们看到他正满脸冷漠地观察着一轮满月从如烟似雾的云层后钻出来又钻进去，接着，一声惊雷响起，银幕黑得让我们再也看不见他了。突然，一道闪电又照亮了银幕，他还躺在那儿呢，还在这个世界凝望着，还在等待着，就像我们也在等待一样，只是，我们很快又被拉进了黑暗中，直到第二道刺眼的闪电亮起，让我们看到他的双眼终于慢慢闭上了。这时，银幕彻底变黑，只剩下越来越响亮的雨声，最后，雨声慢慢变强，又慢慢消失——这部电影似乎准备结束了。"如果它就在这里结束，"萝米说，"那我也就不会一直对它念念不忘了。"

可电影并没有就此结束，士兵行进时有节奏的口号声渐渐响起，银幕慢慢又亮了起来。这一次，映入观众眼帘的是山区的风景，时间已到了春天，放眼望去一片青翠，而这段模糊且色彩失真的连续镜头是用录像机拍的。排着队列的士兵迈步走过银幕左下角的蜿蜒小路。这个新的场景已经够让人出乎意料了，可很快，又出现了一位摄制组的成员，他拿着摄像机朝另一个人走去，那个人正摆着三脚架，接着，厄沙迪——我们刚刚才看到在他自己的坟墓里闭上眼睛的厄沙迪本人——轻松地走进了镜头中，他穿着浅色的夏天衣服。他从衣服前面的口袋里拿出一支香烟，叼在嘴里点燃，然后一言不发地将烟递给基亚罗斯塔米。他接过烟，但没有停止同摄影指导的对话，甚至都没有看厄沙迪一眼，在那一刻，我们觉得他和厄沙迪一定是有某种纯直觉的沟通渠道。镜头切换到山坡下不远处的音响师，他正蹲在风中高高的草丛里，拿着他巨大的话筒。

"你能听到我的声音吗？"一个画外音问。

山下，操练士兵的长官脚步摇晃着，不再喊口令。

"巴莱？"他说，"怎么了？""跟你的人说，留在树边休息。"基亚罗斯塔米回答。拍摄结束了。电影最后一句台词是过了一会儿才说的，号声响起，是路易斯·阿姆斯特朗作曲的哀乐，我们看见士兵们在一棵树旁坐着、笑着、说着、摘着野花，而那正是巴迪先生抱着永远安息的希望躺下的那棵树，只是现在它已长满了绿叶。

"我们在这里采集点音效。"基亚罗斯塔米说。

接下来，电影再没有任何话语，只有嘹亮、动听、哀怨的号声。萝米坐在那里，听完了号声，看完了片尾的字幕，虽然她已泪流满面，心里却欢欣鼓舞。

没过多久，当萝米将父亲送入坟地，亲手将一铲土铲进墓穴，并推开了想从她手上抢过铲子的叔叔时，她突然想起了厄沙迪。那天她看完电影，在暮色中满心欢喜地走回家后，发生了太多事，她一直没有时间再细想那部电影。她留在伦敦处理父亲的后事，等到再没有什么事需要她处理，一切都已尘埃落定后，她在几乎空荡荡的公寓里又住了几个月。

在那些日子里，每天都是千篇一律地过去，她无所事事地到处闲逛，对任何事都提不起兴趣。唯一还能让她有点欲望的就是做爱了，于是，她又开始和马克约会，她上表演学校的那一年曾跟他约会过。他的控制欲很强，这也是他们当初分手的原因之一。他们分手后，她又跟别的男人在一起过，这让他越发嫉妒，控制欲也更强了，他不停地强迫她告诉自己，跟别的男人在一起是什么感觉。但不管怎样，他们做起爱来还是又卖力又美好，她发现他的拥抱让自己充满了力量，好几个月来，她唯一能接触到的身体只有父亲日渐衰弱的病体，这曾让她觉得自己是那么孤苦无依。

晚上，马克下班回家后，萝米就会去他家，在昏暗的卧室里，他翻着各种色情影片，直到找到他想找的东西，接着，他就让她趴在床上，他仿佛在上演某种古老的痛苦的仪式，好让自己相信他爱的这个女人永远不会忠于他。一天晚上，在演完这整场戏码后，马克双手抱着她沉沉睡去，萝米却清醒地躺着，尽管每次她都累得精疲力竭，可她就是睡不着。最后，她从他胳膊底下钻出来，在地板上到处爬着，寻找自己的内衣裤。她不想留下，但也不想离开，她躺回马克的床边，感觉到了被她压在身下的遥控器。她打开电视，浏览各个频道，跳过她和父亲一起看过的母象和蜂群的故事，跳过陈年旧案和深夜的脱口秀节目，直到她再次按下按键，就在那儿，几乎占据了整个巨大屏幕的，正是厄沙迪的脸。有那么一瞬间，在除了电视屏幕其余都是一片漆黑的房间中，那张脸显得比真人的脸还要大，可它马上又消失了，因为她的大拇指还在不停地按着，她还没反应过来自己看到了什么。等她把频道调回来时，她却找不到他了。电视里没有一个关于电影、伊朗或基亚罗斯塔米的节目。她坐在黑暗中，既震惊又困惑，接着，一种渴望如潮水般慢慢向她涌来，她开始露出自从父亲去世后的第一个笑容，她知道，是时候回家了。

除了相信萝米，我没有别的选择。她的故事太细致了，不可能是她编造出来的，有时候，她是会夸张一些细节，可她之所以这样做，是因为她相信那些夸张的内容，这只能让她更加可爱，因为你能看到她是怎么应对这个世界的现实。可我回到家后，她的影响力渐渐消退，我躺在床上，觉得既悲哀又空虚，而且越来越抑郁，因为我与厄沙迪的偶遇不仅不是独一无二的，而且更可怕的是，和萝米不同，我对这次偶遇意味着什么一无所知，也不知道该拿它怎么办。我什么都不明白，也没有任何收获，我把这个故事当作笑话讲了出去，我笑我自己。我独自躺在黑暗中，开始哭泣。我厌倦了脚踝的刺痛，我在浴室里吞下一把止痛片。药片在我肚子里和我喝下的酒混合，很快，我就感到强烈的恶心，我跪在浴室地板上，对着马桶吐了起来。

第二天早上，敲门声把我吵醒。萝米察觉到了不对劲，给我打电话，可我一整晚都没有接。我还是头昏脑涨的，我又开始哭了。看到我的状态，她像是开足马力般，又是烧水泡茶，又是把我扶到沙发上躺着，又是帮我洗脸。她一只手握着我的手，另一只手的手心按着自己喉咙，仿佛我的痛苦就是她的痛苦，她能感受一切，也能理解一切。

两个月后，我从公司辞职了。我申请了纽约的研究生院，但整个暑假我都待在特拉维夫，只在新学期开学前几天才飞回纽约。当时，萝米已经认识了埃米尔，一个比她年长十五岁的企业家，他的钱多到他大部分时间都在想办法把它们花掉。他追求萝米的方式和他追求他想要的一切的方式是一模一样的。在我坐飞机离开前的几天，萝米在我们最喜欢的餐厅帮我办了一个欢送派对，公司所有的舞蹈演员都来了，还有我们的朋友，其中大部分是那一年跟我们上过床的男孩子。埃米尔没有来，因为他很忙，第二天，萝米便坐他的私人游艇出发去了撒丁岛。我独自收拾好自己的东西。离开时，我很伤心，我不知道自己是不是犯了个错误。

有一段时间，我们保持着密切的联系。萝米结了婚，搬进了埃米尔在地中海悬崖边的豪宅，并怀孕了。我为了学位努力学习着，我也恋爱了，几年后又分手了。在此期间，萝米生了两个孩子,有时候,她会给我寄来她儿子们的照片,他们和她长得一模一样,似乎没有从他们的父亲身上继承任何特点。然而,我们的联系越来越少,接着,一整年过去,我们一句话也没有说。有一天,在我生下女儿后没多久,我从十二街的一家电影院经过,突然感觉到有人注视着我,我转过身,看到一张《樱桃的滋味》的海报,海报上厄沙迪的双眼正盯着我。我的后背蹿起一股寒意。电影已经下线了,但还没有人取下海报。我拍了张照片,当天晚上就寄给了萝米,提醒她别忘了我们以前商量好的去德黑兰的计划——我刚拿到一本新的美国护照,上面还没有一个以色列的印章,而她也通过她父亲的关系拿到了英国护照——我们早计划好要去德黑兰的咖啡馆坐坐,去大街小巷逛逛,那些街道是那么像我们最爱的电影里的场景,我们要去体验那里的生活,再躺在里海的沙滩上。我们还要去找厄沙迪,我们想象着他会邀请我们走进他亲自设计的时尚公寓,认真听我们给他讲自己的故事,然后也给我们讲他的故事,我们会一边喝着红茶,一边欣赏山顶白雪皑皑的厄尔布尔士山的风景。在信中,我还向她承认了,她跟我讲她和厄沙迪故事的那天晚上,我为什么会哭。我写道,我迟早得承认,在我的熊熊野心中,我没能克制住自己。我本该面对自己有多痛苦,本该面对我对舞蹈的感情变得有多复杂。可那种想从厄沙迪身上抓住点什么的冲动,想要感受到现实对我张开怀抱就像对她一样的冲动,想要体会到另一个世界触碰到我的冲动,却让我更快醒悟了。

一连几周,我都没有收到萝米的回信,突然,她的回信又来了。她抱歉过了这么久才答复我。这太奇怪了,她说。她有很多年都不曾想起厄沙迪了,可就在三个月前,她突然决定再看一遍《樱桃的滋味》。那时,她刚刚离开埃米尔,搬进了新的公寓,新公寓有着不熟悉的气味和来自街道的嘈杂声音,在无法入眠的夜晚,她就整夜不睡地看电影。让她惊讶的是,这一次,厄沙迪饰演的角色给她带来了完全不同的震撼。在她的记忆中,他总是被动的,简直像个圣人,可现在,她看到他是那么不耐烦,他对他接近的那些人经常是态度粗暴,在试图说服他们答应自己的要求时,还相当善于摆布别人,他抓住他们的弱点,说一切有必要的话去说服他们。他只关注自己的痛苦,他一心一意只想执行自己的计划,她突然觉得他是那么自私。同样让她意外的,还有电影开始前黑色幕布上出现了片刻的一行字,伊朗所有的电影都必须有这行字,只是她不记得了。那行字是:"以上帝之名。"她怎么会在第一次看电影时漏掉它呢?她百思不得其解。她躺在黑暗中看这部电影时,当然也想起了我——想起了那一年我们还是那么年轻,说起男人来总是没完没了。"我们浪费了多少时间啊,"她写道,"我们总相信,美好的事会通过神奇的渠道以预兆的方式、以男人的爱、以上帝之名,轻而易举地发生在我们身上,却没有看清它们的真实面目:它们是我们从自己内心深处的虚无中汲取的力量。"她还跟我说,等她以后有时间,她想写一部电影剧本,就写一个跟我一样的舞蹈演员。接着,她跟我说起了她的儿子们,现在，他们的一切都需要依赖她，就像她生命中出现的男人们也总是什么都要依赖她一样。"幸好，"她写道，"你生的是个女儿。"突然，萝米仿佛忘记了自己已有新的生活，仿佛还以为我们正面对面坐着聊得火热，聊得既没有开头结尾，也没有中间过渡，她写道，最后让她意外的是，当厄沙迪躺在自己挖的坟墓中，终于慢慢闭上眼睛后，银幕变黑了，但不是完全漆黑。如果你认真看，你就能看到雨正在落下。

未来危机

在很长一段时间里,他们说我们不需要它们,可突然间,形势发生了变化,他们又说我们需要它们了:它们就是防毒面罩。"9·11"事件之后,国土安全部成立了,美国人对威胁、袭击和阴谋的想象都达到了顶峰。我赤脚站在厨房里,听着收音机里的播报,每天早上我总喜欢把收音机的音量调得很大。收音机啊!它让新闻有了更强的冲击力,让世界上新一天开始得更加戏剧化——这个我虽然熟悉但也很清楚会随时变化的世界。收音机播报完后,我第一个下意识的反应是屏住呼吸,以防这不知道是什么的气体已经被释放到了空气中。"什么?"维克多边问边走进厨房,将收音机的声音调低。我呼了一口气。"防毒面罩。"我说。

可窗外还是灰白且清澈的晨光。空气中似乎什么也没有,除了上天赐予的看不见的氧气。当然,也有别的看不见的东西:比如一点点苯,也许还有少量水银或二噁英。可我们都已学会了与它们共存。有时候,黄昏时分,我会观察那些绕着水库跑道跑步的人,他们的肺吸收着最大容量的空气,我突然想到,也许他们属于一个进化程度更高的物种,能从对我们其他人有害的物质中受益——真正将它们加以分解和控制,并获得能量。维克多总说这是苦行。他说,那些人正在磨损着自己的关节、碾压着自己的软骨。他说,他们会瘸着腿或四肢着地爬着离开这个世界。可对我来说,他们的形象代表着健康:他们是优美的,灵活的,没有受到污染毒害的。他们知道,正是空气中所有的颗粒,才让日落变得更加壮美。天空变幻的色彩似乎反映了人生在那一刻独特的痛苦。

"危险可能不是来自普通污染物或变化的风向,"收音机说,"可能也不是来自空气中的杀虫剂、化工厂火灾或地下核试验。"咖啡机发出低沉的嗡鸣声,维克多从架子上拿下两个杯子。"那危险是从哪儿来的呢?"我大声问。我觉得我和收音机里的声音有种密切的联系,我可以随意问它问题。"危险可能来自一种未知的源头。"收音机回答。尽管这是坏消息,但我还是很高兴我的问题有了答案。

目前的空气状况还可以安全呼吸,收音机说。市民可以出门,只要记得去各社区设立的分发中心领取面罩就行了。维克多本就打算待在家里批改学生试卷,所以,我主动提出,我可以在下班回家的路上把我们俩的面罩都领回来。

"如果有的选,我想要那种有眼洞和橡胶嘴的面罩,像个食蚁兽。"维克多边说边走到门口取报纸。

"我认为,现在不是挑三拣四的时候。"

"那倒是。"维克多说,他已经沉浸在阅读中了。

此时是十一月,外面空气冷冽,似乎带着要下雪的味道。我对乡村生活最怀念的就是它萧瑟美丽的秋天。在城里,树叶只是变黄掉落而已。有一次,我带维克多回到我从小长大的农场,天一直在下雨。我们踩着稀泥,到处闲逛,我试着教他怎么给奶牛挤奶,可他受不了热牛奶的气味。最后我们离开时,他说:"在那样的地方长大还真需要点幽默感。"我没有告诉他,以前我们的狗总是带着田野的气息跑到家里来。

我是在大学最后一年认识维克多的。他是我中世纪历史课的教授。毕业后,我搬进了他家,又在大都会博物馆找了份解说员的工作。虽然我现在感觉,我们同居的生活好像是我唯一经历过的生活,但有些时候,我也会想象另一种不同的生活。在那种生活里,跟我在一起的人不是维克多,跟他也没有任何相似之处。

在通往地铁的台阶上,我跟一个从下面走上来的男人擦肩而过。他戴着防毒面罩,但不是维克多说的那种。这种面罩更花哨,鼻子、嘴巴和两侧脸颊上都有圆圈,左脸的圆圈是别的圆圈的两倍大,就像肿大的甲状腺。那男人系着红色的丝绸领带,穿着像是刚从干洗袋里拿出来的西装。他的这副模样让人一看就紧张,大家纷纷驻足观望。有些人可能还没有听到早上的新闻,而已经听到新闻的人也在想,是不是又有了什么最新的消息。以前有人警告过,说我们也许有一天会需要防毒面罩,可真正发放还是第一次,显然每个人都坐立难安了。我走到地铁站台，不少人已去过了分发中心，他们手里都拿着装面罩的硬纸盒。我想去把我们的面罩领了，但我上班就快迟到了，带每天的第一拨游客一直是我最喜欢的。晨光从天窗温柔地照进来，将圣母和圣徒一一点亮。

今天早上我带的队伍只有五个人：一对来自得克萨斯州的夫妇、一对来自慕尼黑的母女，还有一个名叫保罗的大提琴手。他有双极漂亮的手。他用手摸自己额头时，我就注意到了。每个人都有点紧张，我们首先用几分钟时间讨论了早上的新闻，大家都按照博物馆里的惯例，压低着嗓门儿说话。队伍人少的时候，我通常会问参观者对什么感兴趣，尽量让行程的安排符合他们的偏好。来自得克萨斯州的男人小手指上戴着一枚金戒指，他说他是雷诺阿[1]的狂热画迷。他把雷诺阿说成了"雷哇"，他的妻子微笑着表示赞同。

保罗感兴趣的则是馆藏摄影作品，于是我把沃克·埃文斯的展厅作为参观的起点。他的摄影作品总以一种零落而庄重的美让我深感震撼。照片里的人被困在冷酷而绝望的生活中，而他以精准超然的态度，将他们拍进照片，就像在拍一块陈旧的广告牌。这些照片以冷静的清晰取代了同情和怜悯，让人惊心动魄。展厅另一头还有几幅黛安·阿勃丝的摄影作品，我决定带我的队伍也去看看，让他们感受一下另一个极端，这位摄影师对人物的情感认同似乎到了一种可怕的

---

[1] Pierre-Auguste Renoir，1841—1919，出生于法国的经典印象派画家，以画人物闻名。

程度。"阿勃丝好像感受到了他们的痛苦，"我解说道，"更重要的是，那些人物——那些双胞胎和三胞胎、身体畸形的孩子、奇怪的情侣、流浪汉、同性恋者和怪人——似乎也带着狂乱的表情在打量着她，仿佛认出了一种比他们自己更阴暗、更令人念念不忘的东西。"有时候，在状态好的日子，这种情况会经常发生：你说着说着，就发现了一些你之前都不知道你会说的东西。

我让他们安静地看了一会儿，他们看着手里攥着玩具手榴弹的孩子和坐在轮椅上戴着巫婆面具的老太太。我有点担心那位得克萨斯州的男人会有何反应，但我应该对他做出善意的假定，因为他最后还是对这些作品表现出了浓厚的兴趣，他径直走上前，五官挤作一团，全神贯注地观看着。保罗走回沃克·埃文斯的展区。他的那双手总让我想起不可能完成的精细任务。我也不知道为什么，它们让我想到一个男人坐在飞机上，飞机坠入冰封的波托马克河，人们在他的口袋里找到了一张他心爱的女人的照片和一对塑封了的蝴蝶翅膀。

在认识维克多之前，我一直都在跟年龄相仿的男人约会。现在，我很难记起他们是什么样的，很难记起他们的皮肤有多光滑，而当我脱掉自己的衣服时，他们看起来又有多么感激涕零。更难记起的，是那个被他们爱着的我是什么样子。那时，对我来说，整个世界还是开放的。我也不是任何形式上的维克多的折射。我第一次见到维克多时，简直还是个孩子。他的强大和绝对的优秀给我留下了深刻的印象，我仿佛可以依靠这个已经定型的男人体会到一种恒久的快乐。

我正吃着午餐，另一个解说员爱伦走进了员工休息室。她的身材瘦削，脖子很长。她已经领了面罩，开玩笑似的戴在头上。她突然站到我面前，就像那个得克萨斯州的男人站到阿勃丝的摄影作品前一样，她通过两个眼洞盯着我。我发出一声玩笑似的尖叫，但实际上，她的模样就像只巨型螳螂，吓得我全身都起了鸡皮疙瘩。爱伦开始笑得前俯后仰，但面罩的橡胶嘴将笑声捂住了。接着，她把面罩推回头顶，吃完了她剩下的金枪鱼三明治，而那两个眼洞就一直茫然地盯着天花板。有时候，爱伦和我会说起我们各自的恋情。她的男朋友喜欢攀岩，总叫她露，曾因为倒卖《大河之舞》的门票被逮捕过。她说，我很幸运能拥有一个品位优雅、一生致力于追求理想的男人。

维克多的幽默感也是很特别的。他是研究中世纪的学者，这就已经很能说明他的品位了，不仅如此，他的学位论文写的还是十三世纪法国勃艮第地区的刑罚体系，这能让你开始真正了解像维克多这样的人可能会对什么事感兴趣。我们刚开始约会时，我发现他的黑色幽默感很吸引人。它让我注意到了我们之间的年龄差，让我能自由扮演天真纯洁的少女角色。很快，维克多就要满四十五岁了。他如果不刮胡子，胡须就会显出部分斑白，有时候，我们脸贴着脸躺着，我心里会涌上一股感激之情，让我比以往都更加爱他。在那一刻，我感觉到，维克多是站在我和某种遥远的伤害之间的，他的存在使我远离伤害。

我像只猫蜷缩在他怀里,当他问我为什么表现得这么含情脉脉时,我只是微微一笑,用眼皮蹭了蹭他粗糙的下巴。

我在博物馆带完最后一拨游客的时间是下午四点四十五分,我拿了外套,走到外面。一周前,我们把时间调成冬令时,我还没有习惯天黑得这么早。第一天,当黑暗毫无预兆地降临时,我感到一种小小的刺痛。那种轻微的恶心感提醒我,别忘了时间无视一切的权威,别忘了你在这个世界的位置,你以为你已经学会了在这个世界的维度中生活,但其实你并没有。我慢慢平静下来。我想象保罗此刻也许正在某个空荡的礼堂里排练。公园里的人比平时更少,可跑步的人还是出来了,他们在水库周围光秃秃的树下冲刺,街灯照亮了他们的跑鞋和衣服上的反光条。

我们社区的分发中心设在一所小学里,学校在一条全是别墅的安静的街道上。别墅的窗户上贴着火鸡和朝圣者的剪纸。我到那儿时,人们正匆忙地进进出出,一群一群地聚集在台阶上,分享着各自知道的一切。从我一路走进去偷听到的消息判断,没有发生什么新的情况。工作时,我也听到了各种猜测——来自得克萨斯州的男人认为应该是某个核电站发生了核泄漏,爱伦则坚称是一架来自哥伦比亚的喷洒农药的飞机失踪了——可哪种说法都不是特别可信。最奇怪的是,没人出来解释为什么我们突然就需要防毒面罩了,还有,为什么我们的城市会有这么多面罩可以分发给每个人。但我猜一定是有原因的。维克多说,我对事情的质疑不够。他说,我总是理所当然地接受一切。他对我说的第一句话是写在我交的一篇论文上的:"你的论据不清晰,来找我。"

分发工作在一间教室里进行。工作人员有一张长长的清单,列着所有居民的姓名,我排在姓氏首字母J到P的队伍中,排到最前面时,我只能向工作人员解释,我还要帮维克多·阿索伦领一个面罩,但我不想再去排A到F的队伍了,能不能把他的面罩直接给我。在一排儿童课桌后面的志愿者嘀咕了半天,商量这是否符合程序,但当我把和维克多家庭住址相同的证件给他们看了以后,问题得到了解决,一个穿着丝绒运动装的女人把两个盒子交给了我。出去的路上,我停下脚步,对一个穿着芭蕾舞鞋到处蹦跶的小姑娘微微一笑,再抬起头时,我发现黑板上还留着一则通知,上面是老师优雅的字体:"周一交《你对未来的预想》。"我笑了,可当我转回头,看到那位穿着快要磨破的芭蕾舞鞋的小预言家的冰冷眼神时,我控制住了自己。

如果问维克多,他会告诉你,中世纪比我们现在还要疯狂。极端对立和暴力冲突同时存在,给人们的生活带来了一种秩序不能提供的刺激活力。他会打开一瓶红酒,陪你坐着,口若悬河、滔滔不绝地向你解释,现在大家是怎么都只想要解决冲突的——他们想要握手言和、解决问题;他们想要容忍所有的观点,只要这些观点是通过正当渠道和程序表达出来的。维克多并不是想让我们都回到十三世纪,在公开行刑的现场发出阵阵欢呼。他的道德观是很正直的。他只是拒绝接受一个被设计来摒弃冲突的系统,况且这个系统还强迫我们所有人都朝着一个稳定中庸的方向前进,就像强迫一个胖太太钻过钥匙孔。他就是这么说的,胖太太钻钥匙孔。

我到家时,维克多正站在厨房里,周围是齐膝深的购物袋。他买来了平常我们一个月都吃不完的食物,正试图在小小的厨房里找个地方放下。他看到我站在门口,便放下正要塞进几个汤罐头中间的一罐花生酱,从塑料袋的汪洋大海中跋涉而来,紧紧抱住了我。平时我回家,维克多只会从某本关于中世纪吟游诗人的书后面瞥我一眼,连眉毛都懒得抬一下。他并不是不高兴见到我,他只是喜欢按他自己的时间来迎接我。他身上仿佛有两个维克多,一个维克多知识渊博,总在批判我们社会对冲突的压制,另一个维克多则会在我冷的时候帮我焐脚。这两个维克多之间有种强大的力场,每一天,就像超级英雄变身回归普通的生活一样,维克多也必须跨过力场才能与我重逢。

"嘿。"我把头埋在他的法兰绒衬衫里说。

"我正担心你呢,"维克多说,"我给博物馆打电话找过你,想让你早点回家。"

"为什么?是有什么新消息吗?你怎么不打我的手机呢?"

我是在"9·11"事件发生后的一个月才买的手机,是我父亲非要让我买的。可只有他和我母亲会给我这个手机打电话。维克多至今不相信它能打通。

"没打。他们在教我们怎么用胶带密封窗户,但没说为什么。我去了趟超市。"

我们俩环顾厨房，看着那一袋袋的杏和梨、用牛皮纸包着的奶酪、一长条一长条的面包、巧克力、一桶桶的冰激凌、冷切肉和调味料，还有用塑料盒装着的各种蘸料和酱料。

"我看出来了。"

"商店都被抢空了。我把能抢到的都买回来了，"维克多说，"我正打算给你做晚餐呢。"他边说边用嘴唇轻轻咬住我的耳朵。

维克多很有烹饪天赋，十分钟时间里，我才换上家居裤，蜷缩在电视机前的沙发上，而整间公寓已经香气四溢了，炉子上正煨着什么好吃的东西。我看着新闻频道里闪过的一幅幅画面，有超市被抢购一空的货架，有分发中心外排到街上的蛇形长队，画面切到一个金色卷发的小姑娘，她鼻子上的鼻涕都结成了壳，她正试着将防毒面罩戴到自己脸上。我把视线从屏幕上转开，看到了自己在玻璃窗上的影子，像个飓风来临前把自己裹在毯子里的小孩，我意识到，我心里其实充满了快乐的期待。外面的世界又冷又黑，可我们的房里亮着黄色柔光的台灯，我正等着维克多叫我吃晚餐，我心里涌起无比的幸福感，那是我小时候在过家家游戏中苦苦追寻的，可我童年的一切在生存的唯一目标前都变得黯然失色了。

维克多一定也和我有同样的感受，因为尽管新闻充满了令人压抑的不确定性，未来我们还可能面对物资匮乏的威胁，但他仍准备了一桌饕餮盛宴。我们吃饭的方式是日式的，我们坐在咖啡桌旁的垫子上，把身后的电视机声音关小。他做了搭配杏和树莓的鸭肉，还有石榴籽沙拉。他关掉电灯，点上蜡烛，打开一瓶红酒，这瓶酒产自他的祖籍朗格多克。我跟他说了分发中心的情况。他停止咀嚼，用以前那种眼神盯着我，就好像我还是个学生，正坐在他办公室里抠着自己光溜溜的膝盖。我一句话才说了一半，他突然俯身探过桌角，吻住了我。我感觉到他紧紧压着我的肚子，我的脊椎在咔咔作响，肋骨被压进了地板里。

我们是满脸通红、大汗淋漓地吃完甜点的。我们已经很久没做过这种事了。尽管维克多对中世纪充满激情，尽管他总号称支持摩擦与冲突，可即便是他，也不得不承认，我们的关系就快要到他所批判的平稳中庸的程度了。我们已同居五年，每个日夜都已形成特定熟悉的秩序，并由我在博物馆上班的时间、维克多在大学上课的时间，以及维克多在自己书房里度过的漫长而安静的时间所决定。

蜡烛烧掉了很多，中间全是烛液。维克多把剩下的红酒分着倒进我们的酒杯，虽然我已有点醉意，但我还是几大口把杯里的酒喝光了。我们又把新闻的声音调大，认真听着，可没有更多的消息，只有相同的画面一遍又一遍地重播着。人们试着防毒面罩，戴着它们到处走动，仿佛在试穿新鞋。我们俩都不累，又或者是，我们不想让这个夜晚就此结束，我们不想去睡觉，然后一觉醒来发现明天的世界不一样了，于是，我们俩决定玩一盘拼字游戏。维克多对这个游戏非常痴迷，他非得要知道英语里所有的三个字母的单词不可。幸好他的英语水平堪称无懈可击。我已如此习惯他的口音，以至于我经常忘记他人生的大部分时间其实是在另一个国家度过的，那里有着不同的语言，对快乐和痛苦有着不同的表达，他们的词句对我而言是陌生的、无法理解的。有时候，我会听到维克多用法语大声地自言自语，这让我想起他的另一段人生，在那一刻，我措手不及，不得不在我已知的两个维克多之外再加上第三个隐秘的维克多。

维克多去拿拼字游戏板时，我把我们的餐盘收起来，堆进水槽，里面已经有几口脏锅了，那上面晚餐的残余物已经凝固。我看到它们，不免隐隐觉得恶心。在回客厅的路上，我经过之前我放在门口的防毒面罩盒。我把它们拿起来，朝沙发走去，我两边胳膊下各夹着一个，维克多正在摆游戏板，我把纸盒打开，从包装袋里扯出一个面罩，说明书随之飘到地上。

"你看。"我把面罩举起来。这正是维克多想要的那种，每个人拿到的都是这种基本款，上面有大大的圆形眼洞和凸起的短嘴巴。

"让我看看。"维克多把它拿在手里，翻来覆去地仔细检查。他把松紧带往后一拉，把面罩套到自己脸上，接着，他转过头，透过透明的塑料镜片冷静地观察着我。他看起来丑陋又险恶，仿佛一个我从未见过的奇怪生物，可他就是维克多，我感觉一股怒气涌上脸颊。我没有多想，向前俯身，对着两个眼洞的镜片猛地哈了一口气，模糊了他的视线。有那么一会儿，我们俩谁也没有动。维克多继续沉默地坐着，我看着那团雾气渐渐消散，露出了他遥远又暗淡的瞳孔。最后，当他的视线变得完全清晰时，他眨了眨眼睛。

"摘下来。"我说，维克多不为所动，仿佛被面罩施了魔咒。"摘下来。"我的心跳得飞快。我有种强烈的冲动想踢他一脚，可我还是坐了下来。没等我做出任何举动，他就把面罩从脸上摘下来，放到了地板上。

"有股橡胶的臭味。"他说。接着，他开始埋头选他的七个字母。我一言不发地看着他的脸，对自己的反应感到意外。

维克多拼出了他的第一个单词 lemur（狐猴），我给它加上三个字母变成另一个单词，接着，维克多拼出了 geek（怪人），我拼出了 guns（枪支）。一切都很顺利，小小的字母木块不断扩张，就像某种会自我繁殖的信息，一开始显得很混乱，但如果你使用正确的解码方式仔细分析就会发现，它拥有自己的智慧和微妙的表达方式，从 geek 这个词延伸出了 neck（脖子），从 neck 又延伸出了 lick（舔），就像是有一种困惑的欲望被困在这种语言中，它别无选择，只能绝望地尝试拼写出它想要的东西。也许是喝了酒的原因，我们玩着玩着，我开始想，如果我们足够努力地尝试，也许我们就可以确定，这么多年来，在看过那么多书、吃过那么多顿饭、保持了那么久的沉默之后，我们真正想对彼此说的是什么。这时，维克多拼出了 positron（正电子），一瞬间，我突然意识到，我想要对维克多说的是，我想离开他了。

维克多赢了，他经常赢，他把字母块倒回拉绳袋时，我哭了。一开始，维克多没有注意到，但最后，他抬起头，露出惊讶的神色。

"只是个游戏而已啊。"他开玩笑地说。

我试着挤出一个笑容，摇了摇头。我多想告诉他，我在看阿勃丝摄影作品时的感悟啊，那个坐在轮椅上的老太太，在快门咔嚓按下的一瞬间，举起女巫面具遮住了自己的脸，也许她是想保护自己，挡住摄影师敏锐的目光，又或者，她是想将自己的一种形象传回给阿勃丝，以撬动两人之间永恒的影像链条，这两个人凝望着彼此，并从回望的陌生人身上惊讶地看到了自己的模样。可是，我什么也没说，维克多跪在我面前，擦去了我脸上的一滴眼泪。

"没事的。"

"我害怕。"我悄声说。

"这种事经常有的，"维克多边说边将我抱在怀里，其实他并不乐意做这种不切实际的事，哪怕只有片刻，"不管是自然的，还是人为的，必要的灾害总会不时出现，以控制人口。"

我抬起头看着他。我知道，他以为我害怕的是我们接下来将会听到的新闻，那个可能威胁到我们呼吸的空气和我们习惯的生活的东西。也许，我是害怕它。又或者，我只是累了、醉了，我受够了自己脑子里的争吵——到底还要不要跟维克多在一起——过了这么久，一切仍无定论。时间已到午夜。满是指印的玻璃杯还放在桌上，里面是来自朗格多克的最后几滴红酒，如果维克多的父亲没有到巴黎当医生，那朗格多克应该就是维克多的家乡，正是他父亲的决定，开启了后续一连串的事，包括维克多在圣文森特·德·保罗医院的阴影中度过的童年时期，在对传染病的浓厚兴趣中度过的青年时期，他对中世纪的热情，他到美国教书的工作，以及最后他认识了我。一支蜡烛发出噼啪声响，熄灭了，维克多从我旁边探过身，将另一支蜡烛也吹熄。他躺在地毯上，把我拉下去躺在他身边，在电视机发出的蓝色荧光中，我们相互依偎着。

接着，我们睡着了，我们在拼字游戏的木块和空酒杯中间四仰八叉地睡着，当我醒来时，外面的天空开始显出了鱼肚白。我的右手麻了，我用左手手指碰了碰右手，只觉得冰凉，就像在碰一个死人的手。我从维克多的怀抱中挣脱出来，甩动右手让它恢复知觉。我头痛欲裂，口干舌燥，我爬起来去厨房接了点水。等我回来时，电视机的屏幕在无声地闪烁着，在它发出的荧光中，我看到了侧放在维克多脸旁的防毒面罩。我将它拿起来，翻过来，戴到自己脸上。里面很温暖，安全得就像棒球接球手的面罩，我仰面躺下，眨着眼睛看着眼洞外面。我在想，我们还要过多久才能知道我们需要让自己远离的到底是什么东西呢，等我们知道的时候会不会已经太迟，能躲过这场劫难的是不是只有那些一直训练、穿带反光条的衣服和有着强大肺功能的人呢？不管那是什么东西，它会不会已经从窗户缝和门缝里渗透进来了呢？可我太困了，太累了，无力反驳了。我没有转头，只是把手伸过去，直到指尖触到维克多的脸颊。接着，我闭上眼睛等待，感激黑暗中尚存的一切。

第二天是星期六，早上我们醒来，听到新闻说这整件事其实是一次考验。维克多坐在沙发边缘，头发都立了起来，像是与狂风暴雨搏斗了一番才见到黎明似的。他两手握着咖啡杯，小口喝着，目光牢牢锁定着电视机。我冲完澡出来，坐到他旁边。市长正在召开新闻发布会，解释说他们是想要确定这座城市有没有准备好。他还指导我们，将面罩保存在安全干燥、方便找到的地方。他为这次考验给大家带来的一切不便和不必要的恐慌道歉，向所有的志愿者表示感谢，向整座城市在考验中的优秀表现表示祝贺。当记者开始发起连珠炮般的提问时，我走到厨房，给自己倒了点咖啡，我把收音机打开，收音机和电视机里市长的回答声在整间公寓形成了怪异的二重唱。

那天晚上，下雪了，这个时节下雪很不寻常，维克多和我决定一起去散步。我们很久没散过步了，差不多跟我们很久没在晚餐途中突然开始在客厅的地板上做爱一样久。天气很冷，所以我们用帽子和围巾把自己裹得严严实实，维克多戴着我给他织的红色羊毛手套，那是以前我还会做这种事的时候给他织的。我戴着一副大拇指已经被磨破的手套，我们停下脚步等红绿灯时，维克多像举起一只号角般，将我的大拇指举到他嘴边，往洞里哈着热气。

公园里，雪在我们脚下嘎吱作响。太阳出来了，万物反射着明亮的阳光。维克多捏了个雪球，朝一棵树扔去，黑色树干上炸开了雪白的碎末。我老是脚下打滑，因为我的鞋底已经磨平了，还好维克多挽着我，所以我没有摔跤。几个孩子带着一条狗在雪地里到处乱跑，维克多一边看一边发出响亮的笑声。

几周后，当我在家用验孕棒测出自己怀孕时，我突然想起了那天的情形。我测了两次，因为第一次我都不敢相信那个小框框里出现的粉色线条，尽管我的例假是从不推迟的。头几天，我没有告诉维克多。我正常上班，带着观众参观，但我知道在我的肚子里，有个小小的生命正在成形，它是一种生而为人的坚持，它坚持长大，直到有一天它终于能来到外面的世界，告诉我们一直以来我们不知道的是什么，缺少的是什么，好奇的又是什么。这个小小的生命带着清晰的论据，它能预测未来。也许，在我保守秘密的那些沉默的日子里，曾经有过一个小小的机会窗口。可我从未想过不要这个孩子。在漫长的几个月孕期中，在我胖得没法走去公园之前，我曾经常站在公园的围栏外，看跑道上跑步的人。我怀着一个莫名其妙的小小希望，总觉得如果我看他们看得够久，也许我生出来的孩子就能跟他们一样，有所向无敌的肺功能和免疫力，能战胜空气中让我们沉醉不醒并在日落时将天空点亮的那种东西。

有一次，在去公园的路上，我跟一个人擦肩而过——我看不出他是男还是女——因为他戴着防毒面罩。也许他是在开玩笑，也许他是不相信市长的话，又或者，他只是已经习惯了戴着而已，甚至开始喜欢上了它，还不愿与它分开，回到露着脸四处走动、暴露在一切面前的那种状态。

恋爱

我跟她相识时，我们还很年轻，后来，我们有几十年失去了联系，等我再见到她是在一个难民营里。那里的人们都有一张历经磨难、难以辨认的脸。可也有人自带一种气质，又或是某种决定性的特征，不会因为时间、位置或任何痛苦而改变。苏菲的眼睛是深灰色的，有时在特定的天气下，会变成近乎紫罗兰的颜色。我刚看见她时，她瘦小的身躯排在沿围栏铁链延伸的长蛇般的队伍中，她肩上披着一条蓝色毛毯，我记不起她的名字了，甚至都不记得她到底属于我人生哪一个断裂的阶段，可我认得那双眼睛。接着，我听到了她的声音，我想起来了，在我们人生短暂交汇的那段时间里，有些我不记得或永远不会知道的事，她都告诉了我。

以前，苏菲不是单身，尽管过了这么多年，尽管她和以斯拉经历了无数次的崩溃和分手，可我还是期待着会看见以斯拉从混乱的队伍中飞奔出来，裹着一件垂到膝盖下方的破旧大衣，留着乱糟糟的大胡子，像个狂热的犹太教教士，手里攥着一长条面包或一个罐头，那是他用别的东西交换来的，或是用花言巧语骗来的，或是用他独有的谈判招数讨要来的。我一直很喜欢苏菲，我嫉妒他能拥有苏菲。我嫉妒他们俩看起来就像是天造地设的一对，嫉妒他们的关系是那么牢不可破，而我们其他人却总是分分合合，认识了某个人，谈起恋爱来才发现彼此都不成熟。

他们相识于纽约，当时，二十世纪九十年代就要结束了，但还没有真正结束，他们计划好了要如何度过世纪之交，当全世界的计算机都出现故障、将时间清零、把我们统统带回石器时代时，他们要在新年夜的雪中露营。这两个人总是准备着应对一切，总是愿意去尝试一切，所以这一次他们也会准备好，他们会相互依偎，躲在白色的冰雪洞穴中，或仰面躺在洞外，他们自己的天使会用翅膀包裹着他们，他们抬头仰望的也不是光芒万丈的璀璨烟火，而是大自然的浩瀚繁星：它们散落在科罗拉多州上方的天空中，又或是怀俄明州，我想。他们俩一个在长岛北岸、一个在新泽西南边的小岛上出生长大，两人都属于贝斯·索隆犹太教堂，两人都是遵守犹太洁食教规但不过安息日的，对他们来说，成为美国人、说英语、成为大自然的一部分都是历史的意外——他们俩对如何生火、搭帐篷、做好防水一无所知，更别提在零摄氏度以下的气温中生存了。可他们完全不担心，因为到目前为止，他们一直保持着神奇甚至是神秘的成功纪录，他们不仅进入了好大学、融入了这个世界，而且还在其中找到了美。他们第一次分手是在那个漫长的千禧年即将到来之前，世纪之交对大部分人来说是一种惩罚，但对他们来说不是，分手应该说是因为他们最终没能在雪地露营，而不是因为他们没能解决这个问题。不是因为她的家人还在徒劳地对她施加影响，说他们发疯了，说他们会冻死；不是因为飞机票贵得离谱，更别提还要买那么多的防水装备；也不是因为他们俩不再相信璀璨的星辉能给人带来真正的慰藉，哪怕是一秒钟他们也没有停止相信。

他们分手的原因我不知道，可分手的痛苦是可怕的、难以承受的，至少对苏菲来说是如此。对以斯拉应该也一样，我认为，因为他失去了一个她那样的女人。当时，他们还没有手机，互联网还在使用拨号上网，大部分时间都拨不通，所以，在一段时间里，他们之间只有沉默，只有哭泣和猜想，什么都不知道也无从得知，也就是说：只有忍耐、等待。白天黑夜来了又走，每一天都枯燥而孤独。只有到了午夜，当她喝得酩酊大醉，觉得自己残忍无情时，她才会转向那个一直默默关心她的人，并亲吻他——那个人就是我。

可在有很多零的那个新年的二月底，他们在电影院外的队伍中偶遇了，他们悄声说着抱歉，再次流下眼泪，她把手悄悄伸进他的外套和法兰绒衬衫里，抚摸着他裸露的温暖的肌肤，很快，他们就复合了，跟以前一样难舍难分。这世上还有谁能像她那般爱得博大，既活泼又诚恳？还有谁能像他那样充满黑色幽默，既热忱又啰唆？还有谁会陪他看完帕索里尼和费里尼的所有电影？有谁会在他俩各居城市一角、无法入眠的夜晚，给她在电话里念马丁·布伯的《哈西德故事集》,念到她耳边的无线话筒都开始发热?是,实事求是地说,在新千禧年伊始的纽约,还是有人愿意做这些事、正在做这些事的,但这跟他们的爱情无关,就像他们在一九九九年那个春天的下午完全出于偶然的相遇跟他们的爱情无关一样。此时他们重新躺在彼此的怀抱中,可如果他们没有相遇,那他们最终都将爱上另一个人,这就意味着,每个人都是可以被取代也能够被取代的。从那以后,他们便牢不可破地在一起了——他们的关系很牢固,牢固到我们其他人会为之举杯祝福,会心生嫉妒、充满向往。

他们有那么多共同之处,但也在不同地方各有侧重:在他们看来,那正是他们结合的简单、精确之美。不久前,有一次,他们赤身裸体地躺在纽约东村公寓他的床上,她大声分析起了他们适合彼此的理由。他认真听着,表示赞同,并总结如下:在所有人看来,她是个友善的好女孩,从未做错过一件事,但实际上,她喜欢越轨的行为,她说脏话,内心也有很阴暗的一面;而他,表面看起来总是阴郁、烦恼,而且下流,但实际上非常热心且善良。除此之外,他们祖上都有差不多数量的大屠杀[1]幸存者;他们在以色列都有差不多数量的亲戚;他们的母亲都出生在欧洲,父亲都是刚好赶上出生在美国,并在里根就任总统前一直是共和党人;他们从小长大的家庭都将与

---

[1] 主要是指纳粹德国在第二次世界大战期间对犹太人的种族清洗。

异教徒结婚以及在任何方面的失败视为滔天死罪。也就是说，他们都是同一种部落文化的产物，这种文化是充满自豪、封闭保守的，是头脑发热、焦虑不安的，是给人安慰也让人身心俱疲的。苏菲的母亲一直痛恨自己战后在北伦敦东正教会度过的处处受约束的童年时代，所以她把女儿送到了罗斯林的公立学校；以斯拉则被他的家人送进正统派的犹太学校，并最终被开除。

即便如此，他们俩都想成为同一种人，他们见多识广的家人也未曾见过的一种人：不把自己的职业当作谋生的手段，不是为了钱、为了可衡量的成功而工作——而是为了艺术而工作的人。

"帕索里尼！"当苏菲告诉我这个细节时，我脱口而出这个名字。她躺在睡觉用的草垫子上，盖着又脏又破的蓝色毯子，望着雨水滴进一个生了锈的铁桶，那桶里的水满得都溢了出来。我曾忘了那个名字，而且，我也忘了我曾经看过的大部分电影的画面。可苏菲统统都记得。她能描述出整体的场景、光线和镜头的角度，甚至还记得台词。当她重新讲起这些电影时，她紫灰色的双眼变得温柔起来，仿佛又把它们看了一遍，并将它们投影到临时帐篷的防水帆布上，投影到碎石堆成的围墙上，投影到被铁丝网割裂的肮脏天空上。我们周围的人，无论是跟我们一起排队领救济食物包、等待打疫苗，还是等着领那也许会有、也许不会有的盒装果汁的人，这时都会安静下来，认真聆听。虽然没有证据证明，但我还是想说，她用魔法般的语言装进我们脑子里的那些电影似乎都被提升到了一个更高的层次,最高的层次,其他无关的一切都被剥离了。

很久以前,我经常见到苏菲,也经常见到以斯拉,或是在晚宴上,或是在朋友的聚会上,或是在那些朋友如今工作的机构举办的派对上。后来,大约在"9·11"事件后两年,我因为工作搬到伦敦,便失去了与苏菲的联系。她和以斯拉仍在一起,我记得有一次还听别人说他们俩订婚了,婚礼将在苏菲位于长岛的娘家举行。当时,我已不再对她抱有幻想,我猜。她似乎一切顺利:他们俩的结合是命中注定的,是牢固对称的,是应该进入下一阶段,进入看似更遥远的成年人阶段,并最终进入为人父母的阶段的。可日子渐渐过去,我没有收到婚礼的请柬,接着,我们认识的其他人迎头赶上,陆续结了婚,又开始陆续生小孩,有些甚至是我们认为最不可能组建小家庭的人。再后来,有一年我回纽约度假,联系了跟我一直保持着联络的朋友们,终于得知苏菲和以斯拉分手的消息。

等到几十年后我在难民营跟苏菲偶遇时,她的情况相当糟糕。她有严重的营养不良,身体虚弱,还得了结核病,她只能在自己睡觉的草垫子和营地的十字路口间走动——那里是临时的营地中心,是分发物资和排队的地方。我的活动范围比她的大一些,我到处搜寻可以找到、可以利用、可以交换或可以吃的东西,我发动了各种正式或非正式的人际关系,我的身体还足够强壮,可以保持忙碌,好让我的思想跳过表面的悲伤,不至于被吸到底下。我在营地进出时,总会经过医疗站、那个玻璃窗都碎了但还在举办婚礼的大厅、那个帮别人剪头发的人和那个叫卖盒饭的人,还有那个裹着头巾、在拱门的阴影下工作的手艺人,他总会接过别人坏掉的煤气炉或取暖器,歪着头微微点一下,对着焦急地想要知道能不能修好的人说一句"明天来拿"。有时候,营地的一些地方会被水淹没,积水退去后,满地淤泥让人无从下脚。可我总会回来看看苏菲,尽我所能给她带点东西。能帮上忙的感觉很好,我很高兴能让她的生活变得轻松一点点。她完全不能走动,又或者,是她不再愿意走动后,我就会去陪她坐会儿,我用水打湿一块破布,敷在她发烧的额头上,或者,就只是握着她的手。有时候,她稍微好一点了,就会用那双灰色的眼睛望着不远不近的地方,为我们讲起某部电影的片段。有一次,她讲完了整部《E.T.外星人》,她从开头讲起——在松树针叶的黑影间,一艘外星飞船在闪光,两根长长的、满是疙瘩、适合抓握的棕色手指伸出来,拉下一根树枝,好看得更加清楚,这时,你就知道它不可能及时赶回飞船上了。她一直讲啊讲啊,讲到了最后令人心碎的道别。苏菲讲到结尾时,一个戴着软帽、双臂抱着膝盖的精灵般的小孩哭了起来,泪水在他脏兮兮的小脸上冲出两道干净的泪痕,最后,他用帽衫袖子像汽车雨刮器般一股脑儿地把眼泪擦掉了。

有好几次,我扶着她站起来,她一瘸一拐地走到铁链围栏边。围栏外,你能看到带刺的铁丝网和军用卡车,但在那后面，是一片无精打采的灰色的大海。它提醒我们，这世界上还有美丽的地方。在那些地方，我们不会闻到人们为了取暖而燃烧塑料发出的气味，那味道吸进肺里肺都会疼。有人拖了把快散架的安乐椅放在围栏边，椅子上的布料破了，脆裂的黄色泡沫橡胶从破洞里鼓出来。但它很宽，足够让我们俩肩并肩坐在上面眺望远方。有时候，我们会说起很多年前发生在我们身上的这件或那件小事，乱七八糟、零零碎碎的，我们聊起这些事，但并不指望能从中有任何收获，或能将它归置到正确的位置。还有一件并非不相关的小事，营地里有很多垃圾，塑料瓶、塑料袋之类的，它们经常被吹到围栏上或被卡在洞里。离我们坐的地方十五或二十英尺远的地方，有一大块撕开的黑色塑料布被风吹得贴到了围栏上，那形状跟大衣一模一样。一件宽领、带褶边的黑色长大衣，仿佛特地被挂在那里，就像有人把它挂在一幢房子的门厅的挂钩上，等着主人在出去时穿上。这片塑料真的太像大衣了，以至于我们看到先有一位老人后有一位身材粗壮、戴水手帽的女人都急匆匆地朝它走过去，直到走近后才发现，原来它只是一片垃圾。

那女人垂头丧气又尴尬地离开后，苏菲说，那件大衣让她想起了一件事。

风吹起那块塑料布的边缘。

她告诉我，那件事大概发生在她和以斯拉分手前的六个月。当时是冬天，她跟一位朋友在切尔西散步，也许是在参观艺术馆吧。他们拐过街角，走上西区公路，从哈德逊河上吹来的刺骨寒风如尖刀扎在他们身上。她开始冷得直打哆嗦,这时,那位一直生活在国外、跟她很少见面的朋友突然停下他说了一半的话,问她想不想穿上他的外套。她说不用,当然,因为无论她有多冷,她都不会让他脱下外套的。接着,谈话继续进行,但她几乎没有说话。她走在后面,被这个问题惊呆了,她惊讶于他真的问了出来:有人真的会觉得这样问是很自然的事,仿佛体贴就是他天性的一部分,所以,问出一个包含如此善意、如此真诚关怀的问题也就几乎是下意识的。这只是因为他就是这样的人,有人教过他,又或是他觉得自己应该这样。他的关心触动了她内心的一根弦,她开始感觉到,而且是越来越强烈地感觉到,和她一起生活的那个人、她打算要与之共度余生的那个人,身上缺少这些东西。她突然想到,跟他在一起这么多年,以斯拉从来没有提出过要把自己的毛衣或外套让给她穿。"而我几乎总是会觉得冷啊!"她说,"哪怕别人都觉得热的时候,我也总是冷得发抖。不过,也有可能他根本没有发现。"

"不只如此,"她说,"我生病卧床时,他根本不会想到帮我端杯茶,尽管这对他来说不用付出任何代价。有一次,我帮他烤贝果面包时,拿刀的手滑了一下,刀深深地切进了大拇指。我把流着血的大拇指伸到冷水龙头下。他从橱柜边站起身,绕到我旁边。我以为他会从后面抱住我,可他只是拿起那把刀,切完了贝果面包,然后自己把面包片放进吐司炉。""他并不是不爱我,"她说,"我一直都很清楚,他是爱我的,他在他力所能及的范围内爱着我。他只是太忙了,他总有心事,他没有照顾别人的天性,因为这种天性需要从关注、从聆听开始。可是,我的朋友却在那一刻能明白我很冷,并停下说了一半的话,问我需不需要外套。"她为自己一直以来错失的一切感到痛心。

苏菲说这些话时,风吹着她的头发,露出一块块秃了的头皮。

这种事她没法向任何人解释,她告诉我。从那么多方面来看,她都很清楚,她和以斯拉能找到彼此是多么幸运。他们是那么享受彼此的陪伴,能找到特定的生活节奏,找到那种相互支撑的亲密关系又是多么幸运。她对其他人说任何话,听起来都会像是忘恩负义。她想过,对那些刚刚经历了艰难分手的朋友、被恋人粗暴对待的朋友、正在难过心碎的朋友,或因为找不到任何伴侣而孤独单身的朋友来说,她的话听起来就像是不知好歹的抱怨。

后来,有一天,他们去看了一场电影。"是法语电影,"她说,"从某些角度来看,你可以说它是一个非常简单的故事,讲述了一对老年夫妻的私密生活,他们都是退休的音乐教师,在一起幸福生活了很长时间。他们去看了一场音乐会,第二天早上,他们穿着睡袍在厨房里吃早餐时,妻子第一次中风了。从那以后,电影的场景就一直停留在他们共同生活的几个房间里,试着去展现一对在一起生活了一辈子的夫妻突然有一人罹患重病后的情形。剩下的那个人必须想办法照顾她,必须帮她将痛苦减轻到最低的程度，在最没有尊严的状态下活下去。"

苏菲坐在漆黑的电影院里，看着电影中丈夫老态龙钟的脸。当他带着那样的耐心、温柔和忠诚照顾自己的妻子时，她就观察着他的表情。他的妻子曾让他保证，永远都不再把她送回医院，不管他承受多大的压力，他都不能违背承诺。可他不是个圣人啊。他也会发脾气，有一次，妻子拒绝进食进水，沮丧万分的他甚至打了妻子一耳光，他是两人中唯一努力想让她活下去的人。可他从没有放弃努力，没有一次疏于照料。这跟五十多年来他在她面前的样子和她在他面前的样子是一致的。虽然他做这些事是出于本能，出于天性，但并不意味着他不会觉得累或不需要付出巨大努力。

电影快要结束时，苏菲想起了自己的父母。虽然他们打打闹闹了一辈子，但总是照顾着彼此。毫无疑问，他们会继续照顾彼此，直至生命的尽头。苏菲还告诉我，在某种程度上，她一直生活在这种假设的庇护下，这种假设不仅关乎她的父母，更关乎爱情，关乎普遍的人性。可现在，她明白了，自己已做出不同的选择。年轻的时候，还有别的事情对她很重要，所以，她选择了这样一个男人——虽然他能为她做很多事，但一旦她无法照顾自己后，他是永远都没有能力照顾她的。

电影演完了，他们走到外面的阳光下，当时她就很清楚，一件更重大的事也完了。没过多久，她告诉以斯拉，一切都结束了，她不能嫁给他。

此时，苏菲露出半边笑容，她的目光越过带刺的铁丝网，投向模糊的灰色大海。接着,她耸了耸瘦骨嶙峋的肩膀,朝天高举起空空的两只手,仿佛要指出这其中的荒谬——只是她到底想指的是哪个方面,我也说不上来。是荒谬地相信我们终将做出理智的决定,决定我们爱谁,决定我们要对谁许下永久的誓言?是荒谬地以为我们都能公平或自然地死去?还是她曾荒谬地相信,我们有可能掌控明天以后的人生、生存之外的人生?又或是那简单的由来已久的荒谬事实,其实人生的开端与终结毫无关联?

她的人生终结时,我不在她身边。我在某个地方排着队,或是在找熟人,或是在找水,又或是,在等待。

花园中

在二十一年的时间里，我一直为拉丁美洲最伟大的园林建筑师担任私人秘书，这个人的名字你们肯定听过。如果你没有听过，也一定在他设计的某个公园里坐过，除非你刻意避开公共场所。在这种情况下，你也许足够幸运地在他建造的私人花园里坐过，那些私人花园有的位于我们漂亮的城市中，有的位于城区外，有的在高山间，有的在河谷中，有的在内陆，有的在海滨。而如果你是最幸运的那些人，也许你还去过他在三凤为自己设计的花园，按照学者专家们的说法，那可是全世界最有趣的花园之一，与唐纳花园和康普顿花园不相上下。如果是这样，那我们说不定还见过面，因为我在三凤花园的那些年，一直以私人秘书的身份接待来宾，将宾客领进客厅。无论外面多么炎热，这里都始终保持凉爽。而如果他们要过夜，我则将他们领进客房。接着，我会离开，让远道而来的客人安静地休息，换身衣服，或平心静气地在藤椅上坐一会儿。二十分钟后，我会用黄铜托盘端一杯柠檬水，再次敲门，邀请客人半个钟头后与大师在院子里碰面,这位拉丁美洲最伟大的园林建筑师将亲自带领客人逛一逛他的花园,园中到处布置着各种珍稀植物,是你要在密林深处走上几天才可能找到的,甚至都不一定能找到。

有些树是他半个多世纪前栽下的。他常说:"我死后,一定要记住,千万不要动任何东西。""床头柜上的药片也不能动吗?"我问。"好吧,"他说,"但只能动药片。""我是个实干家,是泥巴地里的人!"以前我看他的眼神不对时,他总会这么喊,"我用双手建造了自己的家,所以,我死了以后,我把眼镜放在哪里,它就还得原封不动地放在那里,这不算过分的要求吧!"因为他的希望(如今,这个希望已被他一路跌跌撞撞走来的历史所践踏)就是让三凤花园成为一座博物馆,让大众都能来参观,并跟他一样,爱上我们这个美丽国家丰富的植物群。他跟所有人一样,带着悔恨的沉重包袱——他有太多从未实现的梦想,还有一些梦想是在无数次妥协后才得以实现的——但至少,在三凤这片土地上,一切都是尽可能按他的设计存在的,其余的则取决于大自然。

他以前常说,大自然可不是和平的。它不是儿童故事书让你以为的那样,是一阵轻柔的微风或从山峦上升起的太阳,也不是小小的粉红花蕾或一首青葱嫩绿的狂想曲。(你有没有注意到,在我们这个国家,人们以为的绿色其实是黑色?无数黑色的树叶?)自然是残忍的、诡计多端的,以前我们单独在一起时,他总这么说,我们那时经常单独在一起。自然是充满攻击性的，是出人意料的，是致命的。弱者会被杀死，先被折磨，再被杀死，强者则从枯败腐坏物中获取养分。所以，不要相信他们跟你说大自然有多么宁静，林间的轻风和蟋蟀的鸣叫有多么和谐。蟋蟀是孤独的：它们拖着翅膀，爬过长着利齿的叶脉，期待着另一个同类能找到自己，或交配，或决斗。不要让他们跟你说什么蟋蟀的叫声，或对你引用关于玫瑰的诗歌。我不是说我们不应该摘花，不应该欣赏它们的美，我只是说，你把花摘下欣赏正是它们计划的一部分，而不是相反。

他并不总说这样的话。跟朋友一起享用了一顿丰盛的美食后，他也会一连好几个钟头，滔滔不绝地谈论和恐龙同时代存在过的活化石银杏，依靠灰尘微粒和潮湿水滴存活的凤梨花，或是池塘上覆着一层水藻让雨水慢慢渗入死亡之潭的西芳寺[1]苔藓园。他会讨论起伊壁鸠鲁[2]花园的哲学思想，用自己雨林探险的故事吸引宾客的兴趣，或讲起他年轻时在亚洲为追随松尾芭蕉的踪迹跑到"羽黑号"上的经历。一切都取决于他的心情，而他的心情随时可能会像一瓶墨水被打翻，将周围弄得一片乌黑。在生命的最后几年，他的朋友不剩多少了。可最开始，他们从五湖四海而来，都是鼎鼎大名的作家、艺术家和各路达官

---

[1] 位于日本京都，建造于奈良时代，是日本最古老的庭院之一，因庭院铺满青苔，又名"苔寺"。

[2] Epicurus，前341—前270，古希腊哲学家、无神论者。公元前307年，伊壁鸠鲁重返雅典在一座花园里建立了一所学校，他的学生及追随者称其为"花园里的哲学家"。

显贵，他们来三风花园进行一次私密之旅，并在装饰着金穗的访客留言簿上签下自己的姓名。

在二十一年的时间里，我一直为拉丁美洲最伟大的园林建筑师担任私人秘书。那段时间是我们国家历史上的黑暗岁月，但外面始终阳光普照，就像在这里，阳光始终照耀，并将一直照耀下去一样。在紧闭的大门后，在地下室里，在仓库里，在秘密的建筑里，阳光照射不到，可在外面，它是始终照耀的。花园要依靠阳光。"花园就是对光影的安排，"他以前常说，"你必须考虑阳光会怎么照在它上面，太阳会怎么升起，从哪个方向照过来，它又会怎么移动；每一片树叶是要显露出来，还是要隐藏起来。"

我从园艺学院毕业的那一天，阳光一如既往的灿烂，我骑着自己的自行车，来到城北的新公园，尽管才刚刚开始建设，但报纸上的报道已经让它声名远播了。我自己走进公园办公室。当时，它还只是临时设置在一幢楼房里，后来，那幢楼房成了咖啡馆，游客们可以点杯咖啡，坐在外面大树的树荫下休息（当时，那棵树也还没有被平板卡车运来；它还在乡下的某个地方被风吹弯了枝叶，对即将降临的命运一无所知）。他就坐在堆满文件和图纸的桌子后面，这位著名的植物学家兼园林建筑师，新晋的指挥公共花园建设的无冕之王，因为常年日晒和年岁的增长，他的皮肤是深棕色的，头发也花白了。他勉强算是瞟了我一眼。"我想找工作。"我大声宣布。"我们需要的园艺师已经够了。"他说，说完他继续翻看文件。我不知道当时我是被什么附身了——也许是决定命运时刻的勇气吧——反正我说："但你还没有遇到像我这样的。"他抬起眼睛，一抹笑容划过他的脸颊，接着又消失到脑后。他首先仔细打量了我的裤子，接着是我指甲缝里的泥土，最后，是我的脸。他的目光让我全身僵硬。"那你到底是哪样的呢？"他一边问，一边往后一靠，他的椅子发出一声可怕的尖厉声响。我想起了几个月前我在垃圾堆里找到的一株枯萎的大叶蝴蝶兰，我把它带回家细心照料，直到有一天它又开始冒出绿色的嫩芽，感谢上帝的保佑。我回答道："能从死神手中夺回新生命那样的。"

公园还在建设之中：小路还没有铺好，后来的温室在当时只是个蚊蝇滋生的水坑。他们才刚开始把土拖进来，准备在上花园堆出起伏的山丘，将军们的半身雕像还在官方铸造厂里被打造着。可他一定察觉到了，我对他计划中的美理解得有多么充分，它应该是一种几乎不受限制的狂野。他一定也察觉到了我强烈的意愿，我已做好准备全心全意投身到工作中去。我没有别的可以效忠的对象：我没有父母，没有孩子，除了各种植物和它们的拉丁名，我也没有别的爱好。第一天，我就坐在他旁边，他一边翻阅植物的图片，一边向我口述它们的名字。我负责记录下来，我一样都没有遗漏，也不需要他告诉我昆栏树科植物和刺叶树属草树的拉丁名怎么写。偶尔，他把两种有亲缘关系的植物搞混了，我就会不动声色地改正过来。四点钟，他让我下班，并告诉我第二天把指甲缝洗干净了再来。第二天八点整，我再次坐到了他旁边的位置上。我对他只有最衷心的崇敬。我感觉到——怎么说呢？我是被选中的，这才是最重要的。不用他说，我就知道什么时候该如影随形地跟着他，什么时候该自动消失，什么时候该说出他想说的话，什么时候又该像吸收雨水一样把他说的话记下来。

"你想让我说什么？"他以前经常这样咆哮。"我是个实干家，是泥巴地里的人，这两样都不需要多说话！要是我没有成为现在这个样子，那也许我就当诗人了。我非常尊敬诗人。"他以前总这么说，"我们都必须就着手头上有的东西工作，我有的是我们国家曾经丰富多样、如今却大都处于灭绝边缘的植物，而它们有的则是遭遇着同样命运的我们的语言。我小时候，我们的语言中有那么多的词，可一个接一个地，人们不再使用它们了。历史已经到了语言退化的节点；总有一天，我们会重新回到没有语言的状态。"接着，仿佛是为了证明这句话，他走去坐到了阳台上，面对花园，保持着阴郁的沉默。可他从来没办法保持沉默太久。迟早，他会脱口而出，说出那些尚未说出的话。

我们俩都不是本地人。他更甚于我，我出生在首都，而他的母亲出生在喀尔巴阡山区，他的父亲出生在莱比锡，他从小在被各种世界语言放弃的地方长大，也许，这正是他会被一种濒危语言吸引的缘故吧，不管这种语言有多濒临消亡，都给万事万物取了合适的名字。而且，就算消亡，它也永远不会改变。湖就是湖，永远是湖，绝不可能有一天变成盲眼或坟墓。

一天下午，我们正在上花园检查新运来的一批蕨类植物和兰花，三辆黑色玻璃的黑色轿车排成一溜，沿着皇家棕榈树间的小路开了进来，掀起一路尘土，它们停在公园的临时办公室前，就像绿叶间的黑色黄鼠狼，让我不免从背后升起一股寒意。第一辆车的四扇车门打开，四个穿军装、戴金边墨镜的男人走下车。其中一人敲了敲公园办公室的门，走进办公室，片刻后又出来了。接着，第二辆车的四扇车门打开，又有四个穿军装的男人走下车，其中一人朝我们的方向悠闲地打了个手势。第三辆黑色轿车的门仍然关着。"你是不是应该去接待他们？"我问。"是的。"他说，可他像被胶水粘在了原地，他手里一朵小小的单药花正在颤抖。"是的，当然。"他又说了一遍，可更像是对着那朵花说，而不是对着任何人说的。最后，他们来找他，把他带上第三辆黑色轿车离开了。那辆车只从里边打开了一扇车门，我记得他站在门边，看着阴暗的真皮内饰的车厢，脸上的表情仿佛站在万丈深渊的边缘，既害怕掉下去，又害怕自己会纵身一跃。

他用一个接一个的规划、一张接一张的草图、一块接一块的花圃，让大自然弯下了脖子。他以前常说："大自然可不是雏菊花环，也不是一袋小花。它会狠狠咬住喂养它的人的手。"他从不尝试驯服自然，他从不卸下它的利爪和毒牙。这正是他的秘诀，是让他与众不同的原因所在：他只让大自然弯下脖子，但绝不折断它的脖子。这是他的天才之处，也是他的衰败原因。他让自然保持狂野，可有一天，自然突然转过头将他击倒在地。实际上，也不是哪一天——这个过程非常缓慢、非常隐蔽，但结果都一样。

我看着那溜车队像来的时候一样消失了，接着，尽管震惊万分，但我还是继续自己的工作——毕竟，我的工作恰恰就是尽忠职守，照顾好这些脆弱而疲惫的植物。它们来自遥远广阔的世界，要在这个声名显赫的公园里占据一席之地，这位伟大的植物学家兼园林建筑师设计这个公园的目的就是教会人们从本土物种中发现精致而细腻的美。那是个天空湛蓝的明亮春夜，我骑着自己的自行车回到家，泡了个澡，我看着身上的泥土顺着水流，打着转从下水道流走，在那里面，它将和其他所有沉积物一起，慢慢流回大海，它将加入一个又一个无声联盟，永远漂流下去。我很想给谁打个电话，告诉他发生的一切，可我能给谁打电话呢？我想，我很有可能再也见不到他了。事后回想起来，那种想法只能证明我对将军们的行事作风的了解有多么幼稚。

那天晚上我彻夜未眠。第二天，我早早来到公园，他已经坐在办公桌后面了。他看起来糟糕透了；他要么是穿着衣服睡的觉，要么压根儿没睡觉。可不管怎样，我总算是放心了。我去烧水泡茶，等我端着托盘再进来时，他非要亲自把滚烫的茶水倒进我们俩的杯子。他的手微微颤抖，一点茶水洒到杯碟上。"有些事情你应该知道了。"他悄声说。"是吗？"我边问边将满满一勺糖倒进他的杯子。我搅动勺子，我们俩看着那糖渐渐溶化。"现在是非常时期。"他低声说。要建一个这样的公园，你不得不和魔鬼上床。我双手交叠，放在腿上，这是一双园丁的手，我仔细查看自己的手指甲。花园是对光影的安排。你必须考虑太阳会从哪个方向照过来，它会怎么落下、怎么升起，哪些树叶要显露出来，哪些要隐藏起来。我展开公园的设计图，一句话也没有说——是的，在我手指的指引下——我将他的注意力引到了这个或那个细节，直到他的想法再次回到自己身上。接着，我站起身，将喝茶的东西全部收走。"上帝就在你的花园里。"我说。说完，我走出门，开始了上午的工作。

他邀请我去三风公园。这个邀请可能有多重含义，可直到我觉得自己肚皮发紧时，我才意识到原来我一直期待着这一天。公园位于海滨平原上，开车要一个多小时。我跟他的司机坐在前排，他坐在后面，我时不时能感觉到他落在我脖子后面的目光，非常轻，像只苍蝇。三风花园是个注重内在的花园。他在三风花园陶冶自己，也在那里做了最疯狂、最不受束缚的尝试。他领着我到处参观，我还记得我看到那些没有屋顶的水泥墙时感受到的震撼，它们就像来自未来的废墟，又像一条闪亮而潮湿的小路，蜿蜒着穿过灌木丛，通往树林组成的大教堂。逛完后，他带我去了苗圃、热带植物区和植物标本室，以及为了纪念圣弗朗西斯而修建的本笃会小教堂。最后，我们去了被藤蔓植物包围的他的画室。我站在他画的一幅巨大油画前，那上面是各种相互交错的鲜艳色彩，我感觉到一只手重重滑到我肩上。他的呼吸温暖而沉重，他身上散发着檀木和红酒的气味。"你看见什么了？"他贴近我的耳朵问。"这幅画很漂亮，先生。"我告诉他。我听到他喉咙深处咕噜咽了一下，"也许，你不是我以为的那种人。"他悄声说。"我看见前方有悬崖，身后有群狼。"我说。他抓紧放在我肩上的手。"你看见了，是不是？"他说，"你看见了？"

在那之后没多久，他派人来搬我的东西，把厨房旁边朝东的小房间给我一人使用。床铺虽窄，但很舒服，坐在椅子上，我能看到一棵樱花树，它的果实一天比一天成熟。我把从老家带来的白镴盒子放在窗台上，从这里望去，能看见刽子手桥、歌剧院和香肠小屋，我又将自己植物学方面的书在架子上都摆好。我很快地承担起了新的职责。我回复信件、管理订单、安排行程、监督员工，满足这位拉丁美洲最伟大的园林建筑师一切事无巨细的需求。他的工作是永远做不完的，但有时候，我们也有安静共处的时刻，我想我可以毫不为过地说，那时候他的样子是我见过他最开心的样子。

那段时间没有持续多久。当我们得到合理的警告后，接下来发生的一切不就无法避免了吗？当将军们坐着黑色轿车，从城里来到三风花园时，我在车道尽头迎接他们，将他们领进屋，用黄铜托盘为他们端来柠檬水。我们坚持走完整场仪式。他们参观了花园。在圣弗朗西斯小教堂里，其中一位将军双膝跪地，在胸口画着十字。他们准备离开时，那位将军说找不到自己的太阳镜了，园林建筑师亲自趴在地上，开始在长餐桌的椅子间疯狂地爬来爬去。我从未见过他这副模样，像一条狗，又像一只蟑螂，我多想大叫着让他站起来，可与此同时，我很清楚，我除了加入他的行列别无选择。那一刻，我想起了小教堂。我跑回教堂，果不其然，那副太阳镜正在空无一人的长椅下闪闪发亮。将军检查了眼镜，确保它完好无损，接着，他朝我微微一笑，用一条手帕慢慢擦去了镜片上我的指印。

之后没多久，很快，市区公共花园中心的下花园修建计划就被一个倒影湖取代了。这个湖很深，深得没人能到湖底，而且，湖底还是水泥的。推土机开进来，挖开地面，将灌木丛疯狂地连根铲起，卡车在皇家棕榈树间的小路上轰隆隆地来来去去，运走黑色的肥沃土壤。四天过去了，天空下的这个黑洞越来越大。最后，他们在一天晚上来了，那个不知道犯了什么事的人躺到了湖底。他们掩埋了将军们想要掩埋的东西，接着再浇上水泥。现场是否有枪声、尖叫声，或只有死亡的沉默，我都不知道。我们在遥远的、与世隔绝的三风花园里，在那里，来自莱比锡的古董时钟嘀嘀嗒嗒地走过了一个又一个钟头。他们一定出动了一小支军队，开着卡车，打着探照灯，因为到了早上，在永远照耀的阳光下，那水泥竟已干了。几周后，湖里的水满了，太阳忙着照耀蓝色的湖面，本国最高领导人亲自发来官方通知：放上脚踏船。就是这样了。而当湖里有了浮萍和睡莲后，鸟儿也自己来了。

在我的房间，无论他在屋里的哪个角落，我都能听见他喊我的声音。过了一段时间，我学会了辨认他要提问前的语气，于是，还不等他发问，我就会站到他的门口。电话铃响了，是我去接电话，因为只有我才知道他当时能不能接电话，是否需要对方留个口信；是我指挥厨师晚餐该准备什么菜，是我在他喝得酩酊大醉时扶他上床，是我用他在日本的一位仰慕者寄来的十六世纪的茶碗，给他送去早晨第一杯热腾腾的茶水；是我随时将他的铅笔、帽子、手杖、铲子和小刀递给他；无论什么时候，每当他划伤自己时，拿着急救药箱帮他处理的人也是我——因为，他，我们最伟大的园林建筑师兼植物学家，一看到自己的血就会犯晕。

在这样的阳光下，这个国家的一切都在生长。在将军们铜像的警惕目光下，皇家棕榈树在生长。巨大的睡莲叶子长得有桌子那么大。一株巨大的竹子长到四五层楼高，微风吹过，竹竿噼啪作响，而当竹竿被风吹弯时，它们发出的吱吱声仿佛有轨电车在刹车，不知为何，那棵竹子里还有马蹄声和驴叫声，甚至是一整个农场上的动物叫声。此外，还有窃窃私语声，孩子们的玩闹声，也许还有哭声，又或是轻柔的歌声。但拉丁美洲最伟大的园林建筑师从不曾听到这些声音，因为在工程完成后，他只出席了开幕典礼，便再没有时间回到他亲自设计的公园和花园中了，他作为公共花园的建设指挥者，一辈子都在设计——最终，也有那么多人来到他的公园，欣赏美景，在小路上散步，在长椅上休息。那些年，他非常忙碌。我不会撒谎：那些年也大都非常美好。他有他的工作。有关那个湖的可怕意外无人提及。过了差不多十五年后，那些将军有的逃离了这个国家，有的被送上审判席，大部分躲到了自家豪宅高高的灰墙后，在自己的花园里平静地度过余生，再没人来打扰我们国家最伟大的园林建筑师了；他也获得了平静。

"你想让我说什么？"他以前经常这样喊。"我的工作简单直接：我收集植物，设计公园和花园。不多也不少。我住在亲手建造的房子里，周围是我种下的植物和树木，它们有些很常见，有些很罕见，罕见到你要像我一样，在密林深处走上很多天才能找到它们。有些树是我很久以前种的，那时我还年轻。"他总会大喊着这样说，"可现在，它们都老了，跟我一样，可是，也跟我不一样，它们的计划还没有被毁，它们还没有在黑暗中被玷污、被毁灭、被窒息。"有一次——只有一次——我直直地看着他的眼睛，清晰而小声地说："在黑暗中被窒息的人不是你。"我永远不会忘记当时他脸上的表情，他就像一个从未被人扇过嘴巴的小孩。他退缩了，或者说，他试着退缩了，可最终，人是无法在自己面前退缩的。

最后几年，我们常去旅行，这是唯一能让他暂时放松心情的事情了。我们去了阿尔汗布拉宫[1]。在科莫湖[2]，我们住在德斯特别墅里，漫步在卡尔洛塔别墅和西浦莱斯别墅的花园中。我们去阿雷佐看皮耶罗·德拉·弗朗切斯卡的画，去佛罗伦萨看弗拉·安吉利科的画。那是我第一次去意大利，他坚持让我爬上

---

1 西班牙的著名王宫。

2 意大利阿尔卑斯山脉的一个冰川湖，著名旅游胜地。

楼梯，去米兰大教堂顶上看看它的双层屋顶，而他就坐在下面喝咖啡等着我。我们事先约定好一个时间，到那个时候，我就从出口走到教堂最上方小小的眺望露台上，向他挥手，他也会向我挥手。爬的过程很艰难——楼梯很陡，过道又太窄，有很多次，我都必须压制住一种快要令我窒息的幽闭恐惧感。为了在约定的时间赶到露台挥手，最后几段楼梯我是跑上去的，跑完后我上气不接下气。而之前的幽闭恐惧症在恐高症面前，变得简直不值一提。我抓紧围墙，双腿颤抖着，把头探过墙边向下张望。在远远的下方，在广场上无数白色小点的咖啡桌之间，我看到一个人在挥手。我朝他挥手。他再次挥手，我又挥了挥手。他继续挥手，像是出于惯性。"我还得挥多久啊？"我心想。就在这时，我突然醒悟了，我想要离开他了——就让他一个人和所有幽灵恶魔在一起吧，我要去别的地方，开始新的生活。对我来说，一切仍有可能，门还是开着的。他还在下面挥手。此时，我感觉到，他应该是想要说什么。别问我是怎么知道的；很显然，在那么高的地方我不可能看清他的表情。但不知为何，我就是知道，他正在对我说什么，又或者，是在喊什么，不管是说还是喊，反正我都听不见。我以为下面出了什么状况，于是，我转过身，匆匆忙忙地一路跑下狭窄的楼梯，我转啊转啊，总是跑不到终点，总是离终点那么遥远，说真的，谁知道呢，他很有可能在广场上突发了心脏病。等我终于跑到阳光下，大汗淋漓地跑到咖啡馆时，我却发现他正聚精会神地看着报纸。"你刚刚想跟我说什么？"我问。"跟你说什么?"他说,"什么意思?阳光刺得我睁不开眼睛。我压根儿都不知道你上去了没有。"

我不是基督徒,但有很多次,我发现自己不知不觉就被吸引到了三风花园的小教堂里,我反复看着那幅圣弗朗西斯手捧鸽子的小画。这世上总有人犯下可怕的罪行。有人默然接受。但我从来不知道,对接受者来说接受意味着什么。有时候,我会在那里站很久很久,久到透过彩色玻璃照进来的一束束彩色阳光都转移到了另一面墙上。不,那不是就此屈服,而是以自己的方式确认。

我们最后一趟出行是去美国。当时那里是冬天,我从储存间拿出他父亲的毛皮大衣,那件俄罗斯黑貂大衣是他从莱比锡带来的。它散发着雪松木箱的气味,但还是很漂亮。他裹在快垂到地板的大衣里,散发出一种奇怪的威严感,所经之处,人们纷纷侧目而视。那件大衣让他说话都更响亮,仿佛穿在里面能让他听不见自己的声音,而这也引来了更多人的瞩目。他不肯脱掉它,哪怕是在室内,有时候,他在酒店豪华的早餐厅吃早饭时,食物的碎屑会掉进皮毛并卡在那里,我只能事后趁他不注意时把它们掸掉,或趁他走了一整天路在出租车后座睡着时帮他清理。在那些时候,我看到了他的衰老,心头涌起一阵恐慌。我是怎么把一切打理得井井有条的呢?鞋子在床下,眼镜在桌上,鸽子在手里,椅子在门边,铲子随时准备着,厨子在厨房里,太阳在天空中,树叶在地上,光芒在湖面上……太多太多了,就像那种梦,在梦里你每次转身,背后都有别的东西在动。可他总会醒来,他仍然陷在巨大的皮毛大衣里,又开始说话了(是自言自语,还是对我说的,我从来都不知道),而我也跟往常一样,又开始听他说,我时不时点点头,但我不怎么开口,几乎什么话都不说,我们之间的一切还和以前一模一样,并将一直如此。

丈夫

1

三月，一个滴水成冰的暗淡冬日，她母亲打来电话，说失踪的丈夫回来了。她不是开门见山地说的，当然。她一开始说得很随意，很多故事都是这样开始，先是日常琐事，说着说着突然插进来：那天门铃响了，但我并没有在等谁。

塔玛正在西区七十八街她接诊病人的办公室里吃着午餐，但此时特拉维夫已是傍晚了。她的母亲还住在那儿，住在塔玛和弟弟从小长大的那间公寓，契尔尼科夫斯基大街上，甘梅尔公园后面，透过公寓脏兮兮的大窗户能看到公园的树丛。

"谁呀？"她母亲冲着对讲机大喊。可当她按下按钮听的时候，那边又没有人。

塔玛叉起一大块菠萝，静下心来听母亲的故事，就像这么多年来她曾无数次听母亲讲故事一样：这些故事很长，通常都很有趣，或很荒谬，有时是漫无边际的瞎说，只是为了让塔玛与远方家人保持联络而已。她望着整个上午都在城市上方倾洒雨雪的一片天空，仿佛看到了家里公寓那破旧的大门，门底下的棕色压层板早已剥落，塑料的门铃对讲机上全是糊着报纸油墨的指印，可家里是舒适而温暖的。

"我以为有人按错了门铃，"塔玛的母亲告诉她，"这种事太常见了。自从楼上的婴儿出生后，他们总按我的门铃，就像我的门铃是拥挤的公交车站里唯一一个马桶的冲水按钮一样。后来，大家都走了，从那以后，除了婴儿的哭叫声，我们这里都很安静。孩子的爸妈尽力了，可有时候他们也会冲着彼此大吼大叫。他们以前是那么幸福，那么相爱，可自从孩子出生后，他们便再也无法达成任何一致了。"

"听着多耳熟呀。"塔玛说。她母亲也是在艰难生下第一个孩子后没多久，开始与她的父亲出现分歧的，只不过，他们勉强维持了将近十年才最终分开。分开以后，塔玛和母亲就都是单身了，她的父亲一年前因为突发心脏病去世。他们家以前是四个人——她母亲、她父亲、她的弟弟施罗米和塔玛——在很长一段时间里，有三个人是结了婚的，只有弟弟一直未婚。后来，父亲去世，塔玛离婚，弟弟和他的男朋友结了婚，他倒成了家里唯一有丈夫的人。

母亲按着对讲机，问来人是谁，可等她按下按键聆听时，外面只有汽车飞驰而过的声音，只有海边城市一个潮湿夜晚的声音。她走回厨房，将水壶灌满水，放到炉子上，一分钟后，门铃又响了。这一次，她决定不予理会，可那铃声越来越不耐烦：几声很短的，接着是充满愤怒的长长的一声。"好吧，好吧。"她母亲大喊。"谁呀？"她再次按下按键。

"特殊服务部的。"一个男人说。

"原来他们现在是用这种借口闯进别人家，强奸老太太的。"她母亲心想。

"不用了，谢谢你，"她对着对讲机说，"我不需要任何特殊服务。"

"是社会服务部。"男人又喊。

"谢谢你，不过不用了。"她说。说真的，这两者有什么区别吗？

"帕斯太太？伊兰娜·帕斯？我是社会服务部的罗恩·阿兹拉克。能不能请你先让我们进去？"

"你想干吗？"她母亲问，可她忘了按下通话键，显然她还只能听到对方的声音，她听到他轻声说："要不你自己跟她说？"

她猛地再次按下按键："你旁边还有谁？"

"我想跟你说的正是这事。"男人说。

"他的声音听起来很友善，"母亲对塔玛解释道，"不像杀人犯或强奸犯。"

"到底什么事？"她母亲问。

"帕斯太太，真的，还是我们上楼去跟你当面谈谈比较好——"

"你先简单给我说一下。"她打断了他的话。

特殊服务部的人回答说，这件事很敏感，如果她能帮他们开下门，他将很高兴向她递上自己的名片。塔玛的母亲考虑过让他走开，可好奇心最终占了上风，她投降了。不过，在按下开门键让他进来之前，她先关掉炉火（塔玛知道，她绝对不会不关炉子就离开公寓，哪怕只有片刻，因为她认识的一个女孩就是那样被烧死的），爬上楼梯，敲响了那对带小孩的夫妻家的门。丈夫来开了门，肩上搭着一条脏兮兮的口水巾。他看起来糟透了。塔玛的母亲告诉塔玛，自打出生，那孩子的湿疹是越来越严重了。

"很抱歉来打扰你，"塔玛的母亲对他说，"但这会儿外面有人找我，他自称是特殊服务部的。我怕放进来的是个恶棍或流氓，为以防万一，能不能拜托你把你们家的门开着，注意听着点动静？要是我们这幢楼的恶棍管理员能装个安保摄像头，那这也就没必要了，可只怕地球都毁灭了，我们也等不到他装摄像头，麻烦你了，再次向你道歉，尤其是你还带着孩子，多可爱的孩子呀，看到你们家这么充满活力真叫人高兴，那好的，谢谢你，要是你真不介意的话，那我就去放他进来了，不，不用跟我一起下去，你只要待在这儿，把门这样开着，我叫起来你能听见就行了。"

回到自己公寓后，她朝楼道下面大喊了一声：

"好吧，我让你们进来。先进第一道门，然后在过道里等着，等你们后面的门完全关上了，我再开第二道门。"

"这就像进以色列国民银行的金库一样嘛。"他说。

"不过我家里可没钱。"她母亲回答，得把那种念头扼杀在萌芽中。

她等待着，通过门上的猫眼观察，直到两个模糊的身影出现，高个子的男人提着一个手提箱，小个子的老头儿戴着帽子。高个男人拿出了一条手帕。

塔玛想象着他们的样子：小个子男人戴着棕色毡帽，高个子男人的额头上开始冒出晶莹的汗珠，他的额头很高，发际线后退得很厉害，到明年应该就秃顶了，可他留着漂亮的卷卷的黑色大胡子，戴着精致的眼镜。她仿佛看见母亲把门打开一条缝，并没有拿下防盗链，那防盗链是塔玛四五年前在回纽约之前装的，她在自己家也装了一整套报警系统，因为她也刚刚开始独自一人的生活。

社会服务部的人把名片从门缝里塞进来。

"谢谢你，很抱歉打扰到你。我是罗恩·阿兹拉克。我们能进去吗？"

"阿兹拉克是个什么名字？"

他微微一笑。"他有张漂亮的脸，"她母亲告诉她，"他的目光很温暖。"

"土耳其的名字，我祖父是在伊斯坦布尔出生的。"

"真的吗？我一直都想去土耳其。"

"您还有的是时间嘛。"社会服务部的人说这句话时，双眼闪闪发亮，他太清楚要说什么话才能讨老太太的欢心了。在某个地方，他的母亲一定为养育出了这样的儿子而备感自豪吧，这么礼貌、这么体贴的儿子，所以，他的名字后面没有"博士"的头衔又有什么关系呢？她母亲对她说："出于善良的心地和对人民的责任感，他才选择在特殊服务部从事这份吃力不讨好的工作。"

"你的意思是社会服务部吧。"塔玛一边说，一边将吃剩的午餐扔进垃圾桶，她瞄了一眼时钟：还有二十分钟，她的下一位病人就要来了。

"没错。"她母亲说。

博斯普鲁斯海峡！她的母亲也许跟社会服务部的人说起了这个名词，以炫耀她从电视上学来的知识，她在电视机前度过了无数个钟头的深夜时光。我都不知道这世界上还有哪条河的名字比它更美。想一想，它可是划分了两个大洲呢！她的母亲也许还这么说了，因为她的母亲只要愿意，是很清楚该如何施展魅力的。

"我想解释一下我为什么到这儿来，伊兰娜，"社会服务部的人说，"我认为你应该坐下，因为我要说的事可能会让你有点意外。"

他领着她朝沙发走去。严格地说，她并没有邀请他进屋，她母亲对她说，是他们得寸进尺了。

"我不指望你能马上认出来，毕竟过去这么多年了。"社会服务部的人回头朝门口瞥了一眼，她母亲再次看到了那个戴帽子、穿黑色西装的老头儿，他默默地站在门厅里。"我们也是几天前才找到他的，他还有点迷糊，"社会服务部的人说，"你认得他吗？"

"我以为他是你的搭档呢。"她母亲说。她在沙发上颇不自在地扭动着,努力回忆她是不是欠了谁的钱。社会服务部的人大笑起来,露出土耳其人的大牙齿。

"好了,"他说,他突然变得严肃起来,"既然你问到了我的家事,那能不能允许我给你讲个小故事?"

她母亲看了眼时钟,沮丧地发现竟然还没到八点半。她有很多年都不曾在午夜前入睡了。"但我心想,电视可以等会儿再看嘛,"她对塔玛说,"要是我把这么懂礼貌又会讲故事的人赶走,那我算什么人呢?""好吧。"她说。她尽量不去理会那个老头儿,他就像是有人泼在她门口的一摊水。

社会服务部的人拿出手帕,再次擦了擦额头。

"要我把窗户打开吹吹风吗?"她母亲问。

"为什么关着?"

"因为怕有人拿刀从窗户进来。"

"什么?"

"我当然也想有点风吹进来,可我是一个人住的呀,阿兹拉克先生,我女儿住在纽约,至于我的儿子,那更是说来话长了。"

"就叫我罗恩吧。"

"我是一个人住的,罗恩,而且我不再年轻了,你也看得到,所以我必须小心。"

塔玛想象着窗户打开了,暖风吹进来,还带来了轻便摩托车的声音和楼下街上路过的一对情侣的吵架声。社会服务部的人朝还站在门边的老头儿招手示意,他走了进来,他没有摘下帽子,走得也很慢,一直走到她母亲面前几步之遥的地方才停下来。他带着令人揣摩不透的平静表情,仔细打量着她染成黄铜色的头发、长满雀斑但仍光滑得惊人的圆圆脸颊、目光敏锐的棕色眼睛,以及印着"相信我,我是医生"几个字的T恤。塔玛想象得出来,母亲一定突然很希望自己能穿得更漂亮一点,能给对方留下更好的印象吧,因为太久没有人这样认真地打量过她了。塔玛还想象得出来,她母亲是怎么不去管自己脖子后面倒立的汗毛,指了指一张椅子,老头儿又是怎么摘下帽子,按在胸口,在敞开的窗户边坐下的。他坐得笔挺,就像坐在飞机上,不等到飞机起飞绝不敢往后靠。塔玛还能想象,她母亲是怎么把水壶放回炉子上的。等她转过身时,社会服务部的人一定也透过他银边的眼镜在好奇地盯着她吧,她是从什么时候开始变得如此吸引人了呢?

接着,她母亲继续说道,社会服务部的人开始讲起了他外祖父母的故事。不是土耳其的祖父母,是外祖父母,他母亲的父母,他们是从萨洛尼卡来的。

"真是国际化的一家人啊。"塔玛说。

可他们都来自世界同一个小小的角落。他父亲认识他母亲时,他非常惊喜地发现,他最喜欢吃的菜她竟然都会做。

自从塔玛的父亲去世后,母亲就不用再为任何人做饭了,塔玛等着母亲就此事发表几句讽刺的评论,可她并没有,而是继续转述着社会服务部的人给她讲的故事,说他的外祖父母是怎么在十来岁时在萨洛尼卡相识的，不过，他的外祖父可花了不少时间才让他的外祖母爱上自己。最后，他们在一九三九年结了婚，搬进旧城墙外的一间小公寓。他的外祖父开始在干货店工作，那家店铺是外祖母家两百多年来的家族产业。他说这些的时候，她母亲简直能闻到旧港口里爱琴海的海水味和轮船的燃油味，能听到夫妻俩住的安静街道上鸽子的咕咕叫声。在她身后，那黑色的一摊水也在听着，当他讲到墨索里尼的炸弹掉落在萨洛尼卡时，房间里静悄悄的，就连契尔尼科夫斯基大街也安静下来。可有一双眼睛一直盯着她的脖子后面，让她无法放松。

"我的外祖父母在战争中失散了，"社会服务部的人告诉她，"他们都去了以色列，都听别人说对方已经死了，所以两个人都不忍再回到萨洛尼卡。在那里，有五万人被驱逐出境，幸存者寥寥无几。后来，我的外祖母准备再嫁一个比她年长的男人，那人也是在战争中丧偶的，就在结婚前两周，突然有一天，我的外祖父在阿伦比大街上一辆从他面前经过的公交车车窗里，看到了她。"

房间里沉默了片刻。"多神奇呀，"最后，她的母亲终于开口说道，"多神奇的故事呀！可我现在真的要问问你，你来这儿到底是干吗的？社会服务部肯定还有更重要的事要做，不至于专门派人上门给老太太讲故事吧。"

"是的，当然。"他带着温柔的笑容说，"我之所以讲这个故事，是因为这种情况比你以为的更常见。失散的亲人找到了,夫妻手足团聚了,而且,嗯,你也可以看到——你真的还没有猜出来吗?当然,你这种反应是绝对自然的,我们可以按你的意思慢慢来。"

"来什么?"她母亲问,"我完全不知道你在说什么,能不能请你解释一下你到底为什么来这儿?"此时,她确实有点恼火了,她告诉塔玛。

就在那一刻,罗恩·阿兹拉克站起来,捋了捋自己卡其裤上的褶子,又清了清嗓子,走到她身边,带着温柔的笑容将一只手放到她的胳膊上。

"你看,"他一边说,一边朝坐在窗边、满脸皱纹的老头儿打了个手势,"我们终于找到他了。"

"谁?"她母亲问,她抽回自己的胳膊,拍着头顶寻找老花镜。

"你一定都已经放弃希望了吧。"

"希望?什么希望?"她问,她懒得再掩饰自己越来越旺的怒火。

"你丈夫呀。"他悄声说,他的眼睛轻轻颤抖着,仿佛是为了保护自己远离可能的暴力。

"我丈夫?"她差点咆哮起来。他怎么了?社会服务部的人一定习惯了自己的工作方式和手段给别人带来的困扰吧,反正他听到这句话后,只是简单回答道:

"他来了。"

母亲说出这句话后,塔玛发出银铃般的笑声。母亲当时也笑了，她告诉塔玛，她笑得那么大声，听起来一定像是在尖叫，因为突然间那个丈夫——不是坐在窗边的那位，也不是已经去世五年的那位，而是楼上的那位——就冲进了房门，他的怀里还抱着满脸通红、挤眉弄眼的婴儿。

"这里是什么情况？"他大喊，他的目光从卷头发的土耳其人身上转到老头儿身上，再转到她母亲身上。她试图解释，可每次她一张嘴想要说话，就又笑得不能自已。婴儿攥紧一只小拳头，发出尖锐的叫声，刺破长空。楼上的丈夫抱着她轻轻摇晃，发现这样没用之后，又开始换脚跳，他还等在这里看自己到底需不需要帮忙。

"没关系的。"她母亲终于说出了这句话，她从口袋里掏出一张皱巴巴的纸巾，轻轻擦着眼睛，"我们之间有点误会，仅此而已！这个人把我和别人搞混了。"

听到这句话，社会服务部的人没有退缩，只是又露出一个平静且职业的笑容。

"我向你保证，我们没有把你和别人搞混。"

"啊，但你们就是搞混了，阿兹拉克先生。"她母亲说。

"请叫我罗恩。"他很坚持。

"真不好意思，你在我这儿浪费了时间，"她母亲说，"可我的丈夫压根儿没有失踪。我很清楚他现在在哪儿：他就埋在雅孔公墓里，他母亲的旁边。"

楼上的丈夫瞪圆双眼，把目光从她母亲身上转到社会服务部的人身上，那人在裤子上擦了擦手掌心，啪的一声打开手提箱的铜扣锁，取出一个厚厚的文件袋。在此期间，老头儿一直戴着帽子，安静地坐着，搓着自己的大拇指和食指，像在比画世界通用的表示钱的手势。在他坐在那儿的短短时间里，她母亲发现，他似乎缩小了一丁点。

此时，厨房里的水壶发出尖厉的哨音。社会服务部的人充满期待地望向楼上的丈夫，他挑起眉毛，仿佛在说："我？"接着，这个丈夫手忙脚乱地环顾四周，想找个地方安放痛苦哭号中的婴儿。就在那一刻，窗边的老头儿张开双臂，像是要接过婴儿。这个举动完全出乎这个丈夫的意料，说实话，这整个场面也完全出乎了他的意料，他把婴儿递过去，接着便匆匆去处理尖叫的水壶了。老头儿刚把婴儿放在自己膝上轻轻抖动，她便安静下来，好奇地瞪大了双眼。他的双唇嚅动着，片刻之后，当水壶也突然安静下来时，整个公寓里唯一的动静便是老头儿的声音。这是他第一次张嘴，唱着一首安详的没有歌词的歌："哩啦咪，哩啦咪，啦啦啦咪。"

她母亲的故事到此为止，因为这时塔玛的门铃响了。她让母亲稍等片刻，拿起对讲机，问清外面是谁后，便按下按钮，让她的病人进入大堂。她在手机和办公室古董门禁对讲机的话筒间来回切换时，她敢发誓她听到母亲非常小声地说了一句："二十分钟后鸡就好了。"

"什么？"塔玛说。

"没什么。"她母亲说。

她告诉母亲，她会再给她打电话的。

成为男人·丈夫

2

等她再跟母亲说上话时，已经是第二天了，因为塔玛坐地铁回里弗代尔[1]时曾给她打过电话，但她没有接。塔玛很意外：母亲从来不会不接电话。虽然特拉维夫当时已是午夜，但母亲从来没有早睡过，她俩之间的时差从来不会影响她们的密切联系。塔玛在纽约生活的十九年间，习惯了每周给母亲打三次甚至四次电话，都是在傍晚或深夜，在聊天的过程中，她至少能吸引母亲百分之八十五的注意力，剩下的则被母亲留给了电视里播放的惊奇故事和审判实录。有时，母亲会打断她们的对话，给塔玛讲起有关孟加拉虎或阿尔汗布拉宫的有趣知识，告诉她住在贝鲁特贫民窟里的孩子们是怎样挣扎着活下去的，又或是希腊哪个小岛是全世界人均寿命最长的地方。如果说这些对话抚慰了塔玛的心灵，那有一部分原因在于它们让她想起了自己的童年，想起了她的弟弟小睡后她独享母亲陪伴的那些时光。母亲的注意力似乎基本在她身上，只有很小一部分被用去批改试卷，她把那堆小学生的测试卷放在腿上，用一支红笔批改着。

母亲没有接电话，塔玛又给施罗米打了电话。她不是担心，不是真的担心，而是因为担心一直是她们家表达爱的方式，所以谁也不会错过任何一个表示担心的机会。在家里还有四个人的时

---

[1] 纽约市布朗克斯区西北部的一个住宅区。

候,这四个人当中,只有施罗米相对摆脱了这个习惯,大概是因为父母担心了他太多年,他因此产生了过敏反应吧。

施罗米跟母亲一样,都是夜猫子,自从他认识丹以后,他才开始在午夜前回家。在此之前的二十多年,施罗米从晚上九点到凌晨两三点都是不在家的,不知道他是从什么时候开始形成这样的作息习惯,不过他的职业是唱片节目主持人,这必然要求他满世界跑。现在,他安定下来,结了婚,出差的次数越来越少,很快,他们的孩子就要出生了,等孩子出生,他就不会出远门了。只是,施罗米的生物钟是在他十来岁甚至更小的时候就固定了的,是通过母乳传承给他的,不可能重新设置,所以塔玛给他打电话,只响了两声铃他就接了,他喊的是他一直喊她的小名:"什么事,塔塔?"

她开门见山地说起了母亲的故事,可他打断她的话,说他都知道了,那个老头儿,那个丈夫,看起来相当和善,相当文雅,更别提他还很擅长跟小孩子打交道了。

就在这时,她第一次感到困惑的刺痛——困惑中还夹杂着恼怒。"你这话是什么意思,他的事你都知道?"她问,"他住下来了吗?那个丈夫?你说的是社会服务部从鬼知道什么地方找来的那个人吗?从什么臭水沟底下找来的那个人?"

"其实,他是从内坦亚[1]来的。"施罗米说。可塔玛没有理他,她还在继续说:

---

[1] 以色列中部的一座城市,位于地中海沿岸。

"那个丈夫？还有母亲！她跟我在电话里说了半个钟头，压根儿没提她让那个男人进入自己生活的事，她压根儿就不认识他啊，他就那样出现在她门口，告诉她他是属于她的。而且，母亲讲这件事的语气听起来就好像她觉得这整件事都很疯狂。"

对于她的困惑，她的弟弟回答道："也许是她觉得不自在，不想跟你说实话。"

这是一记响亮的耳光。这句话不带一丝恶意，那不是施罗米的风格，可他是无忧无虑的那种人，天生喜欢坦率直接。

"她为什么会觉得不自在？"塔玛问，她的心仍在隐隐作痛。

她简直能听到她弟弟在电话那头耸肩的声音。

"因为她就知道你会有这样的反应。"

"哪样的反应？"

"暴跳如雷呗，疑神疑鬼呗，甚至，还有一点戒备。"

"戒备！我为什么要戒备？有人带了个陌生人到她面前，说是她失散的丈夫，可我们都知道她除了我们父亲之外从来没有过别的丈夫，我这种反应好像才是唯一正常的反应吧。她到底被什么附了身，竟会收容一个完全不认识的陌生人？"

"也许就是因为这个吧。"

"哪个？"

"因为他看起来很完美呀。"

"我们对他一无所知啊，施罗米！他可能心理变态。或者,至少可能是个骗子。"

"也许她足够了解他。"

"我的意思是,我们甚至连他会不会说希伯来语都不知道。"

塔玛总觉得,他们是在很遥远的地方找到的这个人,甚至也许是在茫茫大海上。她脑海中浮现出一个画面,那个老头儿戴着棕色帽子,紧紧趴在一块破木板上,在汹涌海浪中起伏。有那么一瞬间,她差点都要可怜他了。可只有一瞬间,因为说真的,他以为自己是谁啊?竟然同意了社会服务部想出的这个疯点子,又或者,也许就是他本人策划了这件事;他穿着整洁的西装,坐在她母亲的椅子上,张开双臂接过婴儿,就像一幅天真无邪的画。

"他说起希伯来语就像个诗人,"施罗米说,"像直接从奥尔特曼[1]的诗里走出来的一样,就是小时候母亲经常给我们念的那些诗。"

"现在,他又像是从奥尔特曼的诗里走出来的了!"

"而且,他还是个天才数学家呢,"施罗米补充道,"他跟厄多斯[2]本人合作过。还跟厄多斯一起发表过论文。"

"厄多斯他妈的是谁?"塔玛问。

可施罗米要挂电话了,因为,哎呀,丹终于回家了。

---

[1] Nathan Alterman,1910—1970,以色列著名诗人。
[2] Paul Erdös,1913—1996,匈牙利数学家,当代最伟大的数学家之一。

3

那天晚上，塔玛没有睡好。那天是星期五，她的女儿伊丽丝跟朋友们出去玩到很晚。在这样的夜晚，还只有十岁的儿子雷米就喜欢到母亲的床上睡觉。而她不等到伊丽丝安全到家，是绝对睡不着的，她喜欢雷米甜蜜的陪伴，可他睡觉时张着嘴，两条滚烫的小细腿总在被子下乱动。终于，伊丽丝回到了家，睡到了她自己的床上，躺在了天花板的夜光星星贴纸下，她身上没有酒精味，没有香烟味，也没有大麻味，雷米也终于进入了一动不动的沉睡状态，可塔玛还是醒着躺在床上，想着那个丈夫。她认定，她烦恼的是她母亲被人占了便宜这件事。她的母亲也许很坚强，很粗鲁，但她毕竟是一个独自生活的七十三岁的老太太，每一次公寓出现要维修的问题时，她都需要她的儿子，每一次要整理银行账单时，她都需要她的女儿。她身体健康，感谢上帝，她的头脑尽管还很敏锐，但也变得越来越健忘了。她继续每周两次给苏丹移民教希伯来语，可上个月她就把手机弄丢了两次，不得不喊来施罗米陪她沿着那天活动的路线往回找，幸好两次都找到了，一次丢在了舒普玛药妆店的柜台，一次丢在戈登泳池——她每周在那里游两次泳，救生员都认识她。从那以后，塔玛开始注意到了她记忆衰退的其他迹象。塔玛给自己当神经学家的朋友凯蒂打电话，凯蒂让她别担心，说没有理由认为那就是阿尔茨海默病的前兆，只不过是她前额叶向海马体发送信号的速度变慢了一点，倦怠了一点。她的记忆并没有被侵蚀，它还好好地在那里，只是随着大脑的衰老，被派去寻回记忆的信使变弱了，变懒了，有时候还迷路了。

换句话说，她的母亲在变老。对这件事，塔玛早已明了。当她的父亲因为突发胸痛在超市倒地不起，不到一小时后在医院与世长辞时，塔玛和施罗米都来不及赶到。她当时就明白了父母的生命有多脆弱，也明白了他们已经进入死亡随时可能降临的人生阶段。她的母亲不傻，也不脆弱，可她在一天天老去，每个人都知道骗老人有多容易。确保母亲不被人占便宜，难道不是他们的责任吗？不是施罗米和她的责任吗？一个陌生男人，不，实际上是两个陌生男人，毫无预兆地出现在她家门口，声称找到了母亲从未失散过的丈夫！声称一个从未属于过她的人竟与她有着最亲密的关系，并暗示她要负起各种各样的责任，包括情感上的责任，更别提还有经济上的责任了。难道以色列已变得如此破败、腐朽了吗？塔玛心想，如此疯狂且不讲道理，它没能拿出一部分资源去好好照顾它应该庇护的人——那些迷失了方向、被剥夺了财产的人——却把所有的资源都用在了国防上，用在了首相大人对雪茄、粉红香槟和珠宝的癖好上，以至于政府中的某个疯子，也许正是公共健康部的头儿，竟想出如此变态的计策，把这些无人照料的可怜老人送到无辜群众的家门口，宣称他们是属于后者的，所以要负起照顾的责任。

"这是没完没了了吗？"她想，她从躺着的姿势翻成趴着，雷米在她身边发出沉重的呼吸声，他们想方设法用大屠杀作为借口，真的没完没了了吗？他们拨动了这个国家历史上饱含沉重情感的一根琴弦,利用了母亲那一代人从小听到大的感人故事,那些故事并非经常发生,可总是口耳相传,他们说在战火中失散的父子、夫妻和兄弟姐妹们以为对方已不在人世,可后来又被红十字会神奇地找到,与心爱的家人再度团聚。在某个地狱般的难民集中营里,他们被人从流亡者和死人堆里拯救出来,塞上开往海法[1]的轮船,在令人感动的仪式中,不可能变成了可能,不真实变成了真实。毕竟,这正是那个即将诞生的国家的标志,是它的特征,他们被送到失散家人的怀中,而他们的家人应该永远都不会再把他们的存在看作理所应当的了。现在,社会服务部,或者说特殊服务部,无论他们自称什么,反正过了七十年,他们突然冒出来,宣称找到了别人失散的爱人,而那爱人就是个戴软帽的小老头儿?还有,为了不错失任何一个假仁假义的机会,他们派出工作人员,按计划将无人认领的犹太老头儿送到别人家门口,塞进别人手里的同时,又派出警察去围捕佛罗伦萨的苏丹人,将他们驱逐出境,去摧毁菲律宾人的家园。那些菲律宾人的孩子可都是在以色列出生的,他们的母语是希伯来语,他们是从小唱着《希望》[2]长大的,此时却被扔进监狱,接着还要被踢出这个从出生就一直生活的国家。那些人以为自己对付的是什么样的傻瓜啊?

她跳下床,披上睡袍,这件毛茸茸的睡袍是几年前孩子们

---

1 以色列北部港口城市,西临地中海。

2 以色列国歌。

送给她的生日礼物，虽然不漂亮，但非常舒服，她从充电插头上拔下手机，大步走进厨房。如果施罗米不准备就此事做出任何反应，如果他很开心地袖手旁观，任由他们的母亲被这个老头儿和支持老头儿的有关部门骗得团团转，那她就必须自己采取行动。

她给母亲打了电话。此时以色列是早上八点半，她要么正准备去游泳池，要么正准备上课了。可电话铃响了四五下，母亲才接，电话那头传来吼叫声和孩子的喊声，过了片刻，一个洪亮的声音大声警告："离岸流即将从安全绳的另一头过来了。"

"等一下，我听不见你说话！"她母亲大喊。

"你在哪儿？"塔玛问，那边的声音听起来就像在海边，可她母亲最讨厌海滩了，她总是抱怨海水有多脏，而海边马路上人满为患的咖啡馆又多会宰客。塔玛还记得，她和施罗米很小的时候，有一次母亲相当难得地答应带他们去海边，结果施罗米被水母蜇了，这更巩固了母亲对海滩的糟糕印象。能舒服地站在海滨大道上看看海景，她就满足了，她每周两三次往返游泳池时，都会走海滨大道，除此之外，她是那个城市中为数不多的对大海不感兴趣的人之一。

"我听不见你说话，"她母亲又重复了一遍，"我现在在海边。"

"你在那儿干什么？"

"我们在喝咖啡。"

"谁们，你和他？"

"谁？"

"那个丈夫呀。"

她母亲没有作声。

"我跟施罗米聊过了，妈。我在电话里听你讲故事时还笑呢，可你呢，真是不急不慢，一直捂着笑话的包袱呢。"

"什么笑话？"

"就是他留下来了呀！你把一个别人说是你失散丈夫的小老头儿迎进了你的公寓，迎进了——"说到这儿，塔玛停住了，因为她刚刚才第一次想到，她母亲也许远远不只邀请他坐到窗边的椅子上，她也许还邀请他上了她的床。

母亲大笑起来。

"有什么好笑的？"塔玛问。

"他可一点也不小。"她母亲说。接着，她听到母亲对他说："是塔玛，我女儿，塔玛。"

"我们得好好谈谈，妈妈。我不明白你为什么要接受这件事，而且我也很担心。"

"担心什么？我现在正在海滩上喝咖啡呢，就这样吧。我迟点再给你打电话。话说回来，你为什么大半夜的还不睡觉？伊丽丝又在外面玩到这么晚了吗？你像她这么大的时候，也经常很晚不回家，现在你终于得到报应了吧。不过这对她也好，让她好好玩吧。你看你现在变得多严肃了。"

说完这句新的玩笑话，她母亲挂断了电话，海浪的咆哮声中断了，塔玛重回厨房的寂静中，她在城郊这条街上住了十二年，从伊丽丝三岁起就住在这里了。

"一点也不小！"她把母亲的话又重复了一遍。回应她的只有深夜的嗡鸣，而这声音只有人在孤独的时候才能听见。

接下来的几天，塔玛从施罗米那里打听到，虽然那个丈夫还没有搬进母亲的公寓，但他大部分时间都跟她在一起。他来自匈牙利，事实证明，他的希伯来语也不如奥尔特曼那般流利，他只会背奥尔特曼的一两首诗，每当他说希伯来语卡壳时，就会开始背诵它们。可他们的母亲早就习惯了移民结结巴巴的希伯来语，况且她还是个优秀的教师：那个丈夫在她的纠正下已经大有进步。至于他为什么失散了这么久，他为什么到了这把年纪才被人找到，仍然是个谜：无论是施罗米，还是她的母亲都没法向她解释清楚。他是几年前被赶出匈牙利的——两年前，三年前，也许是五年前——又或者，是他自己离开的，从那以后，他就一直住在内坦亚，他去匈牙利人的俱乐部玩牌打发时间，直到有人认出他是她失散的丈夫，又或者，是他自己向别人透露的。

对施罗米和她母亲来说，这其中的逻辑不符之处似乎无关紧要：战争期间他应该还只是个孩子，所以不可能在那时候就结了婚；更别提她的母亲跟匈牙利没有半点关系，甚至从未踏足过匈牙利半步。当那个丈夫被困在铁幕后面时，她的母亲在耶路撒冷从少女长成女人，去读了希伯来大学，认识了她父亲，结了婚，搬到特拉维夫，怀上了塔玛，四年后又怀上了施罗米。"为什么,"塔玛问,"之前那个丈夫不行动起来,让别人找到自己?为什么只是到了最近几年,匈牙利政府开始越来越有了极右的倾向,那个丈夫才终于反应过来,举起了手,挥舞着失散者想要被人找到的白旗?是因为他的身边没有家人,而他生活的小镇上的邻居们也越来越肆无忌惮地表现出了反犹太倾向吗?在声称自己是某人失散的亲人这件事上,难道就没有什么规定的时效限制吗?而且,归根结底,我母亲跟这些又有什么关系呢?"

有那么一瞬间,塔玛甚至乐于想象母亲心里真的藏着一个瞒过了全家人的秘密。一直以来,母亲总是陪伴着他们,总是为了塔玛、施罗米和他们的父亲奉献着自己,让他们时时刻刻都能感受到她对他们的关心。伊丽丝出生后,事事都依赖塔玛,塔玛不禁好奇,她的母亲当年是怎么做到的,她是用了什么诀窍,让全家人都能感觉到她对他们的关注、聆听和爱护的。而与此同时,她还能隐藏一些东西,在别的地方保留一小部分的自我。塔玛就完全不知道该怎么做。她要么给得太多,要么给得不够,要么觉得不堪重负,要么觉得自己自私自利。她是等到自己完成了研究项目,拥有了事业,才生下伊丽丝的。大卫从一开始就很想要孩子,可她坚持给自己多一点时间。当她终于同意怀孕并生下伊丽丝后,孩子由于肠绞痛整日啼哭不止,塔玛只得使出浑身解数去安抚她,所以从最开始,她身为母亲的唯一选择就是完全奉献自己,或者说,这是当时看似唯一的选择:她把婴儿放在背带里,绕着厨房餐岛疯狂地颠着走个不停，她哼着、嘘着、摇着、摆着、晃着，伊丽丝使出吃奶的力气，拼了命地吸着她的小拇指，也吸走了她的人生。塔玛放弃与朋友们的聚会，因为伊丽丝如果得不到母亲的全部关注，就会哭得伤心欲绝。即便是在将近十二个月后，肠绞痛的阶段结束了，这个孩子仍对一切极为敏感：在小小的伊丽丝眼中，这个世界无论多么神奇，本质上都是个危险的地方，她每分每秒都需要塔玛来消除危险。是因为塔玛做过的什么事吗？是她无意中以某种方式将悲观焦虑的世界观传递给了女儿吗？很有可能。可她自己小时候并不是这样的啊。她母亲总说，她小时候很好带，现在塔玛认为，那应该是母亲的原因而不是她自己的原因。照顾伊丽丝在很长一段时间里耗尽了她的体力和精神，所以她过了快五年，才同意怀上雷米。可即便是怀上后，她也认为她只是为了伊丽丝才这样做的，她不想让女儿孤单。在那段艰难的日子里——她看着自己在镜子中的模样，总想知道原来的自己去了哪儿，还可能再回来吗？她是不是已经永远失去了让她在本质上成为她自己的东西，用它换来了孩子——她还发现自己总在想，母亲的秘密是什么。母亲到底知道或掌握了什么诀窍，能让她放弃刚刚好的自己，又不至于完全放弃。直到现在，塔玛才想到，也许母亲有一些只属于她自己的东西，一样东西，或一个人，她需要它，所以将它据为己有，所以才可能做出那样的放弃。但即便她真的有一段秘密人生，即便她真的通过未知渠道找回了自己曾给出的一些爱，那对象也不可能是他，那个失散的丈夫，就如同不可能是一个来自内罗毕或上海的男人一样。现实的逻辑对不上。

就算这整件事都很荒谬又怎么样呢？在他们的母亲和那个丈夫去荷兹利亚[1]海滩野餐后的第二天晚上，施罗米终于在电话中承认，没有任何人因此受到伤害，有什么大不了的呢？没什么好担心的，他坚持自己的主张，牢牢守着他在这个家里独一无二的地位。那个丈夫没有危险，他对他们母亲的钱财和她的公寓没有任何企图。他是个很有魅力的男人，他们的母亲现在很快乐。自从父亲去世后，她一直很孤独。为什么他们非要纠结细节的问题，剥夺她享受陪伴和快乐的权利呢？

塔玛很想说，自从离婚后，她也很孤独，可他没看见她随随便便把男人领回家吧，有吗？如果她能把父母曾在她办公室里对她滔滔不绝说过的话浓缩成一个悲哀的事实，那就是，每个人到头来都是孤独的，你越早接受这一点，甚至是庆幸这一点，那你也就能越早超越痛苦和焦虑的漫长阴影开始去生活。一个女人独自生活并不是急需男人的前提条件，她很想反驳，恰恰相反——

可话还没从嘴里说出来，她就意识到，她的弟弟也许说得对。也许她确实充满戒备。以前随时准备着接听她电话的母亲此时被别人占用了，也许这确实让她生气了。她们俩的境遇是相同的，不是吗？两个没有丈夫的独立女性，把自己的生活都处理得很好，谢天谢地。从某种程度上来说，这只让她们之

---

[1] 以色列中部海岸城市，属特拉维夫区的一部分。

间的联系更加牢固。她们俩都没有因为失去丈夫而承受太多痛苦。当然,她们俩的境况又不一样:她的父母在一起生活了四十七年,直到死亡将他们分开;而塔玛和大卫在一起只生活了十年,就选择结束他们的婚姻。塔玛可以宣称,她没有兴趣再找丈夫,她已进入"不需要丈夫"的状态,她有时跟朋友们就是这么说的,可对她母亲来说,再找个丈夫的事却是有待商榷的——至少曾经是。虽然她母亲选择了跟丈夫一直在一起,而塔玛没有,可塔玛始终觉得,她们俩应该早已心照不宣地达成了共识:没有丈夫的生活才是相对平和又宁静的,在长期努力满足丈夫各种高水平的需求之后,谁还需要丈夫呢?她最喜欢母亲的一点就是母亲从不唠叨,她认识一些离了婚的女人,她们的母亲就唠叨个没完,说她们应该趁着容颜未老时赶紧找个伴儿。如果塔玛最后遇到了一个她想与之携手的男人——换句话说,不是一直跟她上床、直到她厌倦了帮他洗衣服、他就去了秘鲁的三十二岁的电子音乐家,也不是个性自大却心灵枯萎的辩护律师——如果她真的遇到了,她的母亲毫无疑问会为她高兴。可她为母亲高兴了吗?

她给凯蒂打了电话。

"也许是因为我觉得自己被抛弃了?"当往北朝市区开去的城铁离开大学高地时,塔玛提出这样的假设。

"又或者,只是有一点点嫉妒吧。"凯蒂说。

"嫉妒?嫉妒那个匈牙利小老头儿?他做桑葚果酱哎。而且他们在一起下象棋。"

"嫉妒你母亲又找到了爱情。"凯蒂说。

塔玛坐着,手里拿着电话,紧贴着耳朵,看着窗外一闪而过的铁链围栏和电话线杆,火车正哐当哐当地朝哈林区疾驰。爱情。她还没有明白,原因也许正是如此。因为说真的,这成功的概率能有多大?难道在特殊服务部的文件堆里,在那个几乎不为人知的国家机构里,还有个以色列的爱神丘比特在工作,忙着给鳏夫寡妇牵线搭桥,且成功率比恋爱网站还高?

"呃,"塔玛说,"这不可能。她才刚认识他!这事说不定一周后就结束了。相信我。"她安慰着凯蒂,尽管凯蒂跟此事毫无关系。

接下来的星期六,塔玛冲完澡,神清气爽地走进厨房,却发现雷米正在跟那个丈夫学扑克牌魔术,雷米总在星期六早上和她母亲视频聊天。她首先听到了他的声音,是深邃的男高音,口音很优雅,一听就是接受过良好教育的,带着一点机智和厌世的味道,混合了欧洲中部的多种语言,这种古老世界的口音在一九四五年以后就消失了。她走近几步,始终小心地避开摄像头的范围。她在手机屏幕上看到了他的脸,以及屏幕左上角雷米的眼睛,那双眼睛在他攥着的一手扑克牌后面笑成了一条缝。在此之前,那个丈夫还不是完全真实的。他只是一个戴帽子的老头儿,他本身就是荒谬的。可现在,他就在这儿,跟她的儿子聊着天,对他施展着魅力,就像他对她母亲和施罗米施展魅力一样。她跨进摄像头的范围,在雷米灿烂的笑脸上投下一道阴影。

"我是塔玛，"她冷冰冰地说，"她的女儿。"

那个丈夫什么也没说，只是用他眼皮耷拉、充满智慧的双眼仔细打量着她。他跟她想象中的样子完全不同，她第一眼看到他，就发现真实的他显得更智慧、更年轻、更有活力，他有一双湛蓝的眼睛和让她出乎意料的白色大胡子，胡须修剪得很整齐，露出饱满的嘴唇，那嘴唇就算是长在一个孩子脸上也不会显得突兀。他们都有些趾高气扬地观察着彼此，但他们中只有一个人才是拾荒的流浪者，塔玛心满意足地想。

"所以你的计划是什么？"她问，雷米观察着他们俩在屏幕上的表情。

"什么计划？"那个丈夫惊讶地反问。在他身后，她能看到母亲客厅的窗户，他脑袋右边的墙上还挂着一幅镶在相框里的照片，照片上是她和施罗米，正是伊丽丝和雷米如今的年纪，她的头上用发圈扎着一个鲸鱼喷水式的马尾辫，施罗米则模仿着动画片里空手道小子的造型。

"你在内坦亚的临时工作是结束了，还是怎么的？你是可以继续待在那儿，还是打算搬到特拉维夫？"

她原本想说"打算搬进我们母亲的公寓"，可他目光中某种像小鹿一样的东西让她在最后一刻改了口。

"内坦亚的工作结束了。"他说得很简单，没有进一步解释。

雷米无法理解这样的对话，他抬头望向自己的母亲。

"我们还在玩魔术呢！"他央求道。

"原来如此。"塔玛一边说,一边对那个丈夫挑起一侧眉毛,好让他明白自己的意思。原来如此。说完,她转过身,迈着重重的脚步去煮咖啡了。

4

三月像头狮子般到来,又像只羊羔般离去,失散的丈夫安顿下来。五月中旬,施罗米的孩子出生了。两周后,他和丹带着婴儿坐飞机回到特拉维夫。六月的第三周,就在伊丽丝和雷米放假后的第二天,塔玛跟往年一样,帮他们收拾好行李箱,跟找来帮忙看家的人仔细确认了给绿植浇水的安排。他是哥伦比亚来的研究生,去年还是个女人,可现在是个男人了。塔玛和大卫离婚后,每年七月她都会和孩子们住在特拉维夫,八月孩子们坐飞机去大卫度假的地方跟他见面时,她往往会继续留在特拉维夫。这个哥伦比亚的学生在过去三年的夏天里都叫杰茜卡,如今改名叫凯文了。因为塔玛没有见证他的变性过程,所以她总觉得那很简单,没有太多麻烦,就像杰茜卡做过的其他所有事情一样,只是这样的想法是固执且荒谬的。过去三年的夏天里,他把家里的一切打理得很完美;比完美更完美,真的,因为每当塔玛八月末回到家时,她总能发现家里比她离开时更整洁、更舒适了。过去一年积累起来的需要小修小补的地方都被修补好了,所有烧坏的灯泡都被换掉了,这一开始当然让她很高兴，但高兴过后，她也会觉得自己有点多余，似乎她在纽约的生活并不是真正需要她，就像她在特拉维夫仅剩的生活也不是真的需要她一样。你可以争论这句话的真假——她还有病人，还有孩子，还有母亲、朋友，简而言之，还有很多人需要她——但不管怎么说，对一个扎根在两处所以永远不可能在其中任何一处扎根的人来说，有这种想法很正常。塔玛在坐飞机回以色列的路上，总有种终于要回家的激动，可飞机一落地，她又会想起自己当初离开的缘由。

对伊丽丝和雷米来说，事情远没有如此复杂。他们喜欢去外祖母家，他们喜欢海滩。塔玛总在傍晚时分带他们去海边，他们喜欢那里的美食，喜欢每天可以很晚睡觉，喜欢那里温暖又放松的自由气息，一切都跟纽约是那么不同。他们对要和婴儿见面的事更是欣喜若狂。他们跟新出生的表弟已经打过了视频电话，雷米坚持要把自己以前用过的玩具和书装进小小的箱子，传给那位五周大的婴儿，可他连名字都还没有呢，因为施罗米和丹还在"逐渐了解他"。在纽瓦克机场联合航班飞往以色列班机的特别入口处，安检人员对他们进行搜身检查时，他们就在说，要等不及抱抱那个小宝宝了。伊丽丝十五岁，在世界上的很多地方和历史上，这已经是可以生孩子的年龄了，她说她要"把宝宝吃掉"，雷米则说他要看看他能不能成为第一个把宝宝逗笑的人。同样被雷米塞进行李箱的还有那副扑克牌，过去几周，他无论走到哪儿都带着它，随时准备着练习练习，或给大家露一手。不过，无论是雷米还是伊丽丝，都没有提起要见到那个丈夫的事，他们通过母亲的表情、语气和只言片语，多少推测出了母亲的立场。几天前，塔玛偶尔偷听到雷米在伊丽丝的房间里对她说，那个丈夫跟厄多斯合作过，还跟厄多斯一起发表过论文呢，所以他有个厄多斯一号。如果他跟某个和厄多斯合作过的人合作过，那他就有个厄多斯二号，如果他跟某个和厄多斯合作过的人合作过的人合作过，那他就有个三号。从未跟厄多斯合作过的人会有个厄多斯无穷号。可他有一号哎！而且，那个丈夫还说了，要带雷米去看马加比厄运动会[1]。

"谁是厄多斯？"伊丽丝问。

"一个天才，他写的数学论文比谁都多，他解答了全世界最难的难题，而且他只靠一个行李箱过日子。"雷米骄傲地告诉她。

可那个丈夫不再只靠一个行李箱过日子了。在这一点上，他超过了厄多斯，塔玛心想，她也在维基百科里查过厄多斯的资料。厄多斯认为，女人俘虏男人，并用婚姻将男人变成奴隶。那个丈夫显然是不认可这一理论的，他以失散丈夫的身份主动献身，在地下室的储藏间为他的行李箱赢得了一席之地，他还将箱中所有物品悉数拿出，放进了原本属于她父亲的抽屉。

在他们出发前一周，塔玛一直等母亲开口说他们的住宿安排。以前去的时候，他们总是住在母亲家，塔玛睡在自己以前

---

[1] 每隔四年在以色列举办的国际性犹太人运动会。

的卧室里，伊丽丝和雷米睡施罗米的房间，大家轮流去浴室冲澡，冲到喷头喷出的水几乎都没有水压了。她母亲有想过，如果那个丈夫也住在家里该怎么安排。那间公寓一直以来只够住四个人，住五个就太挤了，尤其是其中一个还是陌生人。也许她母亲在等她主动提出去住施罗米和丹在雅法的房子，毕竟那房子足够大，它原本是为一个人丁兴旺的阿拉伯大家庭修建的。但塔玛没有主动提，她母亲也没有开口问。此时，他们正坐在出租车上朝契尔尼科夫斯基大街驶去。

伊兰娜在屋外等候，孩子们飞奔着扑进她怀抱时，塔玛也有机会仔细观察起了母亲外貌的细微变化——她头发的颜色好像浅了几个色度，是紫铜带一点点金，她豹纹的紧身裤好像更紧了，她总喜欢在腿上展示自己的时尚品位，她腰间挂着一个格纹皮腰包，上面有个冒牌的香奈儿标志。母亲把手伸进腰包，摸出钥匙，开心地告诉他们，自从她开始用腰包后，她就再没丢过一样东西，她从起床开始就把它挂在腰上，直到睡觉，这完美解决了她总找不到东西的难题：从包里拿出来的一切立马就会被放回去。她一边说，一边亲切地拍了拍像婴儿屁股一样圆滚滚的小包。塔玛从母亲高兴的语气中猜测，这应该是那个丈夫的主意，她的母亲为问题得到解决而开心，同样也为他的聪明而开心，为他奉献出自己的特别才智帮她解决了一个小问题而开心。雷米带着行李箱坐着小小的电梯上楼了，塔玛跟在镶着鎏金双C标志的腰包后面爬上楼梯，她硬起心肠，准备迎接即将到来的碰面。可当她母亲打开房门，孩子们拉着行李箱冲进去时,屋里并没有其他人。塔玛呼吸着属于家和童年的熟悉气息。她首先闻到了母亲做的饭菜香味,接着是老房子的气味和以色列洗衣液的味道,当这些气味都渐渐消散后,她才发现在这一切之下,还有一股男士古龙水的麝香味。

"他在哪儿?"她一边问一边还在嗅。

"谁?"母亲反问,但她的眼皮心虚地抽动了一下,仿佛那个曾和厄多斯合作发表论文的干瘪小老头儿就在他们跨进门的前一刻,才刚刚抓起帽子,从窗户钻了出去。要知道,厄多斯给自己墓碑选的墓志铭是"我终于不会变得更愚蠢了"。

"外婆!"雷米大喊着,拿着扑克牌冲进厨房,及时将她母亲从困境中拯救出来,"我能给你表演个魔术吗?"

可即便那个丈夫不知是从哪儿冒出来的,这也并不意味着她的母亲能在任何方便的时候把他凭空送回去:在卫生间里,塔玛在母亲漱口杯旁边的玻璃杯里发现了一把刷毛都倒了的牙刷。

那天傍晚,他们一起坐出租车去雅法看望新生儿。他有一头乌黑的头发,但除此之外,他的长相简直就是塔玛和施罗米的父亲的翻版。丹像个育儿专家一样,用青绿色的襁褓娴熟地将他包起来,孩子在襁褓深处,非常平静地看着外面的世界,仿佛他已见过天上的那个世界,现在又回来,带着无尽的怜悯,观察着这个世界他们遇到的种种凡尘俗事。最后,他的襁褓被解开,大家轮流抱他,塔玛把他放在自己大腿上,他蒙眬又安详的目光聚焦在她身上。每个人都在喋喋不休地说着他有多像埃里——就连下巴上的凹陷都一模一样！可他不会像埃里一样大吼大叫，不会像埃里一样张牙舞爪！塔玛忍不住深切体会到了母亲和弟弟在这些话中透露出来的并不含蓄的潜台词，他们是想说，她的父亲正在天上看着这一切呢——看着施罗米结婚，看着她离婚，看着那个计划取代他的丈夫来到这个家——他无比顺从地接受了一切，带着他在这个世界时不曾有过的宽容。施罗米等到父亲去世后才跟丹结婚，这不是巧合。塔玛尽可能勉强维持着自己的婚姻，直到父亲去世后不到一年，才终于离婚，这也不是巧合。埃里总有自己鲜明的观点，再加上他在表达观点时洪亮的声音和激动的情绪，让大家都觉得，比起跟他硬碰硬地正面对峙，还是绕开他更简单。他们很小便从母亲那里学到了这一招，母亲总是让父亲气势汹汹地叫骂完，然后等他睡着，或是去工作，或是一转背，再给他们想要的东西，或是想办法悄悄告诉他们怎么自己去拿到。

婴儿扭动起来，抓住塔玛的一根手指。这感觉确实很奇怪，她想，这个还没有名字的孩子结合了施罗米的精子、丹的姐姐的卵子，借由某位尼泊尔妇女的子宫和血汗来到这个世界，再加上一点点魔法仙尘，竟像是和他们的父亲从一个模子里刻出来的。这是怎么回事呢？

无论如何，她都不会相信。她不相信暴脾气、爱争吵的父亲会在尼泊尔投胎转世，向他们传来这个充满善意的信号。要是埃里还活着，对此肯定是有话要说的，而且不会是好话。埃里可是以色列传统文化的元老,他每天穿着宽松的工装裤和同样的衬衫,一直穿到扣子都掉了才肯换。他对数学的美毫无感觉,他会用一只手捏扁那个丈夫的棕色帽子,让他带着他的果酱和厄多斯赶紧滚蛋。

塔玛将自己的手指从婴儿的小手中抽出来,将宝宝递给伊丽丝,伊丽丝把他抱在胸前,像是很清楚该怎么照顾婴儿,因为她自己以前就是个婴儿。塔玛走到厚厚的玻璃窗前,眺望远处的大海。如果她没有离开以色列,那她每天早上醒来也许都能看到这样的景色,无边无际的大海,一直延伸到地平线远方。可是,她去了纽约,去读了博士学位,嫁给了大卫,这一路上,她不知在什么时候失去了那广博的胸怀。有大卫的原因,也有她自己的错。她只是太晚明白,人生还有很多可能性是她不曾考虑的。她听二三十岁的病人讲述,一夫一妻的婚姻制就像一头搁浅的巨鲸,它的身体已经膨胀,它腐烂的残骸发出冲天恶臭,你越快逃离它越好。他们到底能不能真的赶上多角恋的浪潮,还是会因为嫉妒和对不稳定的恐惧而沉入海底,塔玛也说不上来。看看施罗米:他一直站在自由恋爱的浪头上,在米克诺斯岛和伊比萨岛,他爱过也被爱过,可最终,他想要的还是每个人一直以来念念不忘的——那句诗怎么说来着?*不要泛泛之爱,要专属之爱。*

她从窗边转过身,恰巧看到伊丽丝把她的表弟举到空中,去闻他的小屁股。她一直试着向伊丽丝灌输人并不是非要结婚的观点,不是非要用稳定的婚姻生活来束缚自己。可看看女儿此刻的模样,她的鼻子都埋进了小宝宝的屁股里,这个一向特立独行的伊丽丝倒更有可能在二十五岁之前结婚成家,与丈夫白头偕老,在丈夫临终的床榻边,还要在子孙环绕中揉着丈夫冰凉的双脚。塔玛又回到窗前,看着从远方卷来的蔚蓝海浪。如果一个人无法走进广阔的世界,那他拥有广阔的胸怀又有什么用呢?如果一个人只有在黄昏暮色中开车沿乡间小路前行时,或是在把孩子们送去了前夫那里,一个人静静地站在空荡荡的家里时,才能突然察觉到一种让后颈汗毛倒立的纯粹寂静,才会有心潮澎湃的感觉,那拥有再多的可能性又有什么用呢?

"我想到啦!"伊丽丝大叫。每个人都转过头去看她。"叫拉斐尔怎么样?他就是个完美的拉斐尔!"她一边宣布,一边将宝宝高高举起,好让所有人从这个新的视角看待他。她的两个舅舅交换了一个意味深长的眼神。施罗米还是比较喜欢"米迦",可是丹不想用《圣经》里的名字给孩子命名。他站在那里看着孩子,双手叉腰,肩上搭着一条空空的抱巾,而二十年前,那里挂的是一把机关枪。

"'汤姆'怎么样?"他问,"那天桑德尔想出了这个名字,不得不说,我一直记着呢。"

这是塔玛第一次听到有人说出那个丈夫的名字。实际上,这也是她来到以色列后第一次有人提起他。她甚至开始怀疑,虽然家里有牙刷和古龙水香味的存在,但这一切到底是不是他们精心策划的一个局,那个丈夫只是他们凭空捏造出来的?

"难道他看起来不像个汤姆吗？"丹问。

"要说他看起来像谁，他看起来就像埃里。"她母亲坚持说。

"我喜欢'汤姆'。"雷米发表了意见。

伊丽丝把宝宝抱回去，再次细细观察他的五官。

"其实，我也喜欢。"她表示赞同。

施罗米露出一个并不反对的表情，所有人的目光此时都充满期待地望向塔玛。可她也说不出来，他们到底在问自己什么，自己到底要同意什么。于是，她叹了口气，转回头去看大海，好像那里有什么东西，从很远很远的地方来的东西，需要她的存在去接收。

5

第二天，宝宝出了点状况。头天他们来的时候，丹往他们的手里都喷了消毒液，可第二天宝宝醒来时鼻子还是堵了，并且很快发起了烧。从不担心任何事的施罗米坚持说只是有点小感冒。可孩子越烧越厉害，一直很温和的他开始尖叫起来，吃奶时还出现了呼吸困难，丹给医生打了电话。当时是凌晨三点，可儿科医生尤丽是他的老朋友，立刻开着自己的车赶来了。她观察了婴儿沉重的呼吸，听了他肺里的阻塞，她告诉他们，他得了支气管感染，并坚持要开车将他们送去医院。在医院，孩子照了胸部 X 光片，被送进儿科重症监护室，躺在氧气篷下面的金属摇篮里，连上了输液管和心脏监视器，他的一根手指上夹着一个小小的夹子，发出光线，让医生能密切关注他的血氧含量。他染上了一种呼吸道病毒，这种病毒在成人中很普遍，却可能要了一个五周大婴儿的性命。等到塔玛、伊兰娜和两个孩子赶到以契诺夫儿童中心时，施罗米已是惊惶失措。他不是盯着显示屏，看着那上面反映孩子重要生命指征的线条不断起起落落，就是垂头丧气地坐在摇篮边，把一只手从塑料篷底下伸进去，轻轻抚摩自己的孩子。一个护士走过来，把一根长长的管子插进孩子喉咙深处，将浓痰吸出，施罗米惊恐地看着这个过程，两手在胸前抱紧了又松开，松开了又抱紧。接下来的几天，这个过程每隔几个小时就得重复一次。孩子没有力气尖叫了，眼泪从他灰色眼眸的眼角流下来。雷米小声啜泣起来，塔玛借口说给她弟弟和丹买咖啡，把雷米带下了楼。

"汤姆会好起来吗？"雷米一边问，一边把头埋进她的肚子。

"会的，"她说，可她无法下定论，"汤姆应该会没事的。"

从彼时开始，孩子便有了名字。这个名字将他和生命牢牢钉在一起，对抗如黑影般在医院病房外徘徊的虚无。第二天，红色警报响起，急救小组飞也似的冲进病房，随时准备在孩子无法靠自己的力量呼吸时为孩子插管，他的两位父亲大声哭叫的正是这个名字。当红色警报小组聚集在摇篮边，看到监视屏上的数字又开始慢慢爬升时，他们在病历本上写下的也是这个名字。但危机总算过去了,他脆弱的生命保住了。

直到第三天,那个丈夫才出现在医院。他带来一个塑料保温袋,从里面取出用锡箔纸包好的自制三明治,每个人都有份,他还拿出一个装满甜茶的大保温壶。他头上的棕色毡帽换成了夏天戴的草帽,他把草帽挂在门后的钩子上。他之前出了远门,但他尽快赶回来了,他解释道。他没说他去了哪儿。也许其他人都知道,又或者,对他们来说这无关紧要:重点是,现在他跟他们在一起了。雷米和伊丽丝一边用笑容迎接着他,一边偷瞄着自己的母亲,像是希望她不要说出或做出什么让大家难堪的话或事来。塔玛看着他牵起母亲的一只手。他没有强行挤进这家人之中,可与此同时,他似乎很自然地就被大家接受了,带着友善和感激接受了。塔玛观察着他,想起凯蒂有时会说的一句话:"这个世上没有哪个男人是困顿到如此地步,让某个地方的某个女人死也要照顾他的。"她受够当女人了,如果她最后决定缴械投降——如果她真的可以做到这一点,又不用经受极端的困难和各种痛苦——那她也能将自己交给一群陌生人,让他们带着自己爬上楼梯,走到一扇陌生的大门门口,去认识那在门里等待的女人,也许还有等待的一大家人,让他们张开双臂、不问任何缘由地接纳自己吗?

伊兰娜坚持让大家都休息休息,到外面游乐场的树底下坐一会儿。施罗米和丹自从到医院后就没有离开过,他们需要点阳光和新鲜的空气。塔玛和大家一起下了楼,可刚走到外面,她就发现自己忘带手提包了,手提包里有她的太阳镜。她重新爬上楼，在汤姆的病房门口，她停下脚步往里一看，那个丈夫就坐在摇篮边，窗口透进的一束光正笼罩着他，他用奇怪的语言悄声跟婴儿说着话。这样的一幕不符合逻辑，它的存在毫无理由，但它绝对是真实的。在这件事上，新生儿比任何人、任何事都更有权利，他就像每一个从未知世界降生的婴儿一样，是外来的，而此时，外来的老头儿也开始对他轻声歌唱。

到了第五天，汤姆终于渡过了难关。他的状况好转了，当天傍晚，氧气篷被移走，当雷米放下他一直在练习魔术的扑克牌，走到敞开的摇篮边探望时，汤姆抬起眼睛看着他，露出灿烂的笑容。第六天早上，他们说再照最后一次胸部 X 光后，汤姆就能回家了，但他们还是让他多住了一晚。所以，直到第七天早上，汤姆才最终出院，就像他当初来到这个家一样，他又回家了，只是此时大家都体会到，那些凭空来到我们身边的人是一种馈赠，我们不知道该怎么提出疑问便接受了他们，只带着对生命如何传承再传承的惊奇。

成为男人

我的父亲

我的儿子们站在海边栈桥上,也许会跳下去,也许不会。现在是初夏,六月,在一望无际的苍穹下,我站在从小长大的岛上。海浪从那么远的地方卷过来,没人说得出它们的流动是从何时、何地开始,只知道它们传播了一种到此为止终于分解并汇入海岸的能量。我在沙滩上看着他们——我的两个儿子。我的父亲今天一反常态的安静,他戴着一顶帽子遮挡阳光,也在看着他们。他还没有老,可在这一刻,我竟想不起来他到底多少岁了。如果说在我眼中,他已度过漫长的一生,那也因为他是我认识的人当中变化最大的。这么多年来——没有别的方法来描述了——只有一天,他带着巨大的愤怒出了海,让海风推动船帆,再回到家时,他的怒火便没有了。再回到家时,他沸腾的暴怒已被平静和耐心取代。

有时候，我也会忘记自己的年龄。每当别人问起我两个儿子的年纪时，我总是说大一点，好给自己一些时间适应他们的成长。可我父亲剩下的时间没有那么多了，我还有一些，我的儿子们还有大把的年华。小儿子在栈桥边跳起了舞。大儿子往后仰着头，张开双臂，对着天空高喊着什么。

我看着我的儿子们，说了起来，父亲听我说着。"生命，"我说，或者我想要说，"生命，总是发生在那么多层面之上，而且都同时发生。"

骨折的肋骨

1

那年夏天，她的儿子们跟着他们的父亲去度假期间，她去柏林探望她的情人。

"你看，"他朝她俯过身，压低嗓门儿，用旁人听不见的声音说，"我还有一件事你不知道呢，我最喜欢为别人服务了。"

这句话从一个身高两米、体格堪比重量级拳击手的男人嘴里说出来，还挺出人意料的。其实，他真是个业余拳击手；或更准确地说，在很多年的时间里，他一直是业余拳击手。直到一个月前，一阵突如其来的眩晕让他暂时住进了医院，并最终在他脑子里留下了一道伤疤，终结了他的拳击手生涯。他宣称他将永远不再踏上拳击台，并成了一家颇有声望的报社的编辑，但她私底下跟朋友提到他时，都称他为"德国拳击手"。这比喊他的名字更简单，他名字的意思是"来自上帝的小礼物"——因为这个，也因为叫他"德国拳击手"更能凸显它们之间的差别，并保持一种颇为讽刺的距离感，让她脚踏实地地踩在她刚刚发现的这块新土地上，就像灵魂上的哥伦布：发现了一块无拘无束的自由之地。

他们绕着施拉席滕湖散步——这是格鲁内瓦尔森林边一个细长的湖泊——他们在讨论，如果时间回到八十年前，他会不会成为一名纳粹。德国拳击手认为，如果随意断言自己绝不会成为纳粹，那只是站在道德高地上哗众取宠而已，像他这一代的很多人一样。可此时，他并没有像往常那样，论证起历史的力量将如何塑造他，如何令他不可避免地参与其中，而是主动说起了自己性格中一些特别的弱点。

"他们想招到国家政治教育机构去的恰恰就是我这种人。"他说。他说的机构是纳粹将身体强壮、性格顺从、相对聪明的德国年轻人培养成党卫军领袖的精英预备学校："我一直极其崇拜我的导师们，我竭尽全力达成他们对我提出的每一个要求，因为我一想到他们失望的样子就会特别恐惧。这一点，再加上我的个头和体格，让我恰好就是他们想要招揽的人。此外，他们对我的渴求也会让我备感荣幸。我对荣耀和赞扬的渴望正是我的缺点，你知道吧，这会让我直接进入党卫军队伍的。"

"而且，你一定会喜欢那身制服。"她补充道，她想起了他卧室里挂在阳光下的那一排在伦敦量身裁剪的白衬衫，在那不勒斯按照他的身形和品位（不要丝绸，不要任何内衬，只要触感粗糙的面料）精心定制的西装，以及缝制精美的冬天穿的羊毛外套，他从不把手插进外套口袋，以免毁了衣形。他白色的拳击皮手套是日本"胜利"牌拳击手套的工匠手工缝制的，完美贴合了他纤细的手指和手腕。她并没有眉飞色舞地提出这些论据。她宁愿相信，与她同床共枕的这个男人无论在任何情况下都不会成为纳粹。可现在，在她对他有了足够的了解以后，她还真不能反驳了。

　　湖边，情侣们在阳光下或在杨树下相拥相依，不是在亲吻，就是在慵懒地抚摸着彼此半裸的身体，每当他们经过一对外形养眼的情侣时，德国拳击手总会带着欣赏甚至是嫉妒的表情偷偷指指他们。他有过近十年的幸福婚姻生活，按他自己的描述，相当幸福，直到他当演员的妻子离开他，去了另一个男人身边。那个男人在柏林人民剧院饰演兰斯洛特[1]，而她饰演的正是桂妮维亚[2]。他此前总觉得自己是受上天庇佑、百毒不侵的，可从那以后，他不再有这种感觉了。他身边的人认为这是一个积极的进步，他也承认，因为在离婚之前，他的个性常常让人无法忍受。可经历了离婚的折磨后，他宁愿保持之前让人无法忍受但幸福的状态，总好过现在的模样。

---

[1] Lancelot，亚瑟王传说中最著名的圆桌骑士之一。
[2] Guinevere，亚瑟王的妻子，也是圆桌骑士兰斯洛特的情人。

走到湖东边的啤酒花园时,他们停下脚步,去喝了一杯。今天是星期天,铺着红白方格桌布的桌子边挤满了来享受大自然的德国人。孩子们欢乐的叫喊声从湖边传来。德国拳击手跟她说,他在照片里看到了她大儿子瘦高的身材和长长的手臂,说他一定能成为出色的拳击手;她却觉得没有必要再次向他重申她儿子绝不会打拳击的话了,她的儿子绝不会成为拳击手,就像他绝不会成为德国人一样。找不到让对话继续进行的立足点,他将话题转向了慕尼黑啤酒节,并开始向她解释迪恩朵裙[1]是什么。

"可你真的会杀人吗?"她问,她并非难以置信,毕竟他曾有一次一拳就打晕了一个陌生人,还有一次差点掰断她床头的木板,因为他在性高潮时总有一种无法控制的欲望,想要摧毁点什么。

"我当然会杀人,"他说,"杀人是因为我相信——他们让我相信——我在做正确的事。"

"我永远也杀不了人。"她坚持说。

德国拳击手从啤酒杯上方用礼貌但质疑的目光看着她。确实,她才刚做出这个论断,她的脑子里就开始不由自主地想象各种可能的例外。

几天后,她在给他发短信时又提到了这件事,说如果他在一九四一年穿着皮靴出现在她家门口会是什么情形,他回复,

---

[1] Dirndl,阿尔卑斯山区日耳曼山民的传统女性服饰,是慕尼黑啤酒节上常见的服装。

有一件事他是绝对不会做的,那就是杀死无辜的人。这似乎和他那天在湖边阳光下散步时明明白白说过的话相互矛盾,她回信息问他,那到底哪些人是他确定会杀的呢?他却没有再回答。这条信息一直没有得到回复,只显示出表示未读的灰色小勾。德国拳击手每次不想再用手机时,就会把它关掉。后来,他们在米特区一家素食餐厅碰面吃饭,他说他当然不可能去敲开别人家的门,将他们驱逐或处死。她以为他是什么样的人啊?他说他敢杀人,指的是在战争中,因为他能肯定自己一定会被分到武装党卫军,并被送上前线。当时她并没有问他,他为何如此肯定自己不会被分到盖世太保,或是负责执行纳粹种族政策的一般党卫军,或是监管集中营与灭绝营的骷髅队。

他们沉默无语地坐着,等饺子端上来。过了一会儿,德国拳击手又说,他也许说错了。毕竟,他说,他的祖父就曾因为允许吉卜赛人留在他的土地上而一直被纳粹骚扰,他的曾祖父在T-4行动[1]中被杀害,而他的父亲是那种绝不愿意追随别人的人。不,也许他最终还是不会成为纳粹——"让我们就这样期望吧。"他说。她点点头。实际上,她也赞同,他们的对话无法继续了,因为不管他现在是什么样子,都不可能是他过去的样子,他被各种不同的力量所影响,而他过去的样子是不存在的。

只是,她自然还会继续想这件事。

---

[1] 纳粹德国曾执行的系统杀害患有身体残疾或心理精神疾病患者的"安乐死"计划。1939—1945年约有20万在肉体或精神方面有残疾症状的人通过施药、饥饿、毒气等方式遭到屠杀。

2

他们俩一个共同的朋友在纽约撮合了他们,两人在电子邮件中约好第二天共进晚餐。他问见面的时间能不能定得晚一些,因为下午他要去打拳击。"在哪儿打拳击?"她问。她很好奇,说想去看看。其实她从未看过任何人打拳击,就连电视上的都没看过,暴力血腥的场面让她恶心。他写道,她不会想见到打完拳击的他,而且他打拳的地方是那种没人洗澡的体育馆,不过,如果明天见面后他还喜欢她的话,他就会带她去体育馆,他们可以打一场;但在此之前,体育馆的一切都是秘密。"那里没人认识我,也不知道我是做什么的、我在想什么或我想要什么。"他写道。她把他的电子邮件看了三遍,然后回复让他务必小心,因为她也可以是杀人不眨眼的。她不知道自己为什么要这么写。也许是因为他言辞中透露出来的傲慢吧,还有那个暗示的挑战:如果我还喜欢你的话。虽然她很清楚他是用非母语写的邮件,他可能不像了解德语那样了解英语中各种表达方式的细微差别,但这句话还是挑起了她内心的骄傲,她想让他知道,她是有能力操控男人的——而且一直有这样的能力。又或者,她是想暗示他,能让他爆发的东西也能让她爆发,他们之间是平等的,也许,还不只是平等的:那种爆发的力量甚至可能是偏向她的。这可能是也可能不是哗众取宠。

"我的肋骨很容易骨折,"他在回信中写道,"求你在毁灭我时手下留情。"换句话说,他很清楚该拿她怎么办。他要抓住她，让她绕个圈，再把她拉到怀中；他很清楚如何对付她，很清楚一个男人要用怎样的力量和脆弱的组合来吸引某些女人，而她显然就是其中之一。果不其然，在这番短短的交流之后，她就清楚，她一定会带他回家上床的。

她到餐厅时，他已经来了，就像德国火车总是在站台上等着一样。他的块头又是另一回事。他比周围所有人都高出了一两个头，让人不可能不注意到他。如果当时有人问她——比如，那个高举托盘从旁边经过的服务生——问她喜不喜欢被一个男人衬托得小鸟依人的感觉，她应该会回答喜欢。是的，喜欢，但要带一个星号！她的身材是娇小的，但精神是强大的。换句话说，她希望他是只披着羊皮的狼，直到她说他可以成为狼了，那他就应该成为一头纯粹的狼，丝毫不带羊的特质，并在她床上和她做爱时一直保持狼的状态，做完爱再变回羊，重新成为那个给他一百万年也绝对不敢在对她有所图谋时去勒她脖子的人。这是问题吗？还有一件事：当他时不时准备把她的房子吹垮时，他还必须非常缓慢，非常温柔。

他递给她一束浅紫色的小花。她原本以为他是在来的路上摘的，后来才知道，他其实买了一整束花，但在地铁上，一个怀孕的女人很喜欢那束花，问他是要送给谁的，他就把其中一部分送给她了。因为在那一刻，他突然想到，他给一个素未谋面的陌生人买了一整束花啊，这可能有点过于隆重了。服务员带他们来到餐桌旁。整间餐厅灯光昏暗，气氛温暖，靠墙摆着一排古老的玻璃药柜，这个地方原本是家药房，被钉上木板封了几十年后，又重新开张成了家意大利餐厅。服务员每次来到餐桌边时，德国拳击手都会停止说话，向他或她微笑致意，感谢他们刚刚端来放在桌上的食物。

他们的对话轻松愉快。他的鼻子不容易骨折，只有肋骨容易骨折，他告诉她，还有他的嘴唇——他一打拳，他的嘴唇就容易破裂流血，因为他的嘴很大。他问她手臂长不长，还没等她回答，他就把她的手从桌子上拉过去，引到自己胸口左下侧戳出来的一根肋骨上，它已彻底折断，跟身体脱离了。

服务员走过来，给他们倒了红酒。他离开后，她牵起德国拳击手的一只手，引到自己身上同样位置的那根肋骨上，它也以同样的角度戳了出来，而且从她有记忆开始它就一直是这样的。"这怎么可能？"他惊讶地问，"你的肋骨一定也骨折了。"可据她所知，她的肋骨从来没有骨折过。在她看来，这些肋骨可以一直追溯到最开始，它们是想要在他们这一代人的困惑中说点什么，说说成为男人是怎么样的，成为女人又是怎么样的，我们能不能说这些事是平等的，还是不同但平等的，抑或是压根儿就不平等的。

3

她的床很大，但对德国拳击手来说还是太小了，所以，他只能像孩子般蜷缩起来。一盏喜马拉雅岩盐台灯在他身上投下温暖的粉色光芒。他们说起他在北海海边农场上长大的事，说起他的家人去别人家吃饭时，总会带上从田野里摘来的鲜花，说起这件事是如何给他灌输了一种所有的花都必须看上去像是偷来的观点；他们还说起他们各自喜欢的书；说起一个德国男人跟一个犹太女人上床是不是很奇怪，尤其是这个犹太女人的祖父母还都是大屠杀的幸存者；他们说起她的姐姐、他的弟弟；说起她永远不想再结婚的打算；说起现在经常看到的年纪大的女人和比自己年轻得多的男人在一起的事，那些女人跟她一样，是有孩子的，而那些男人恰巧就想要那样的孩子；他们还说起一夫一妻制的问题，不实行一夫一妻制的问题；说起他坚信拳击与暴力无关，而与自律有关，身体的自律和面对自身恐惧的自律。

　　说着说着，时间到了凌晨四点，他说他必须回家了。她告诉他，他可以在这儿睡。可他不能，他一边说，一边坐起来穿上牛仔裤。床上有别人他就睡不着。当她表达出自己的惊讶时，他脸色一沉。"没人喜欢这么睡。"他说，仿佛他就此事举行过全民公决，得出了这个明确的结论。他的妻子离开他去找另一个男人时，就告诉过他，因为那个男人会抱着她一起睡觉。当然，她对他的不满还有别的原因。她最终承认，自己爱上别人并准备离开德国拳击手时，她是在电话里说的，整个对话他都做了笔记，这样就不会有任何遗漏了。他把那些内容记在《白日鬼影》一书的扉页上，那本书是一个记者在战地报道二十年的回忆录。清单最上面的一条被他画了两道波浪线：他不能整晚抱着妻子睡觉。

他其实也希望自己能在别人身边安然入睡，此时他告诉她。可他那样睡怎么也睡不安稳。他会一直很警觉，很紧张，可能要花好几个钟头才能睡着，而一想到睡眠不足可能带来的偏头痛，他就更加难以入眠了。他从十三岁就开始出现偏头痛的症状。发作时，他会眼前发黑，唯一能做的只有像个胎儿般缩成一团，等它过去。虽然他说不出到底是什么导致了偏头痛，但他可以肯定，睡眠不足是其中一个因素，所以，睡眠是头等重要的大事。只有他一个人睡觉时，他才会觉得平静，头一挨到枕头就能很快入睡。他一直是这样的，他告诉她。他记得，他最后一次在旁边有人的情况下还睡了个好觉是五岁时，是他央求母亲坐在床边握着他的手的时候。他还记得那种宁静而美好的感觉。然而，每次德国拳击手说起他这个习惯给前妻以及前妻离开后他交往的其他女人带来的不快时，他说话的语气都会变得充满沮丧和怨恨："为什么她们就是不能理解我不愿意和别人一起睡觉的习惯呢？跟别人睡一张床真的太痛苦了。"

他们只有一次睡在一张床上——那天晚上，他们在森林里，他别无选择——他问她介不介意他念一段《主祷文》。他才刚刚把她的身体翻过来，把她的手臂狠狠按在她背上，把自己两百磅的身体压上去。此时，他们却平静地躺在一起，她的背贴着他的肚皮，他伸出长长的手臂环抱着她。"我们在天上的父啊，愿你的名受显扬，"他用德语悄声说，"愿你的国来临，愿你的旨意奉行在人间，如同在天上。"

自由

1

还是那一年的夏天——也就是她的两个儿子分别是十三岁和十岁的那年夏天,她跟德国拳击手保持着断断续续上床的关系——那天,她开车载着她的朋友拉斐刚从他从小长大的私人租地回来。那块地位于特拉维夫郊外,地名叫"自由",这个名字在希伯来语里更好听一些,没有这么招摇,不过不管叫什么,反正他是在那里出生长大的。他们沿着橘树林里蜿蜒的灰土小路前进,他们的孩子们在后座尖叫不已。他告诉她,他到了四十二岁,才终于开始看心理医生,他曾大声发问,差不多是在问自己,就像一个人在心理医生面前总要大声问一些无法回答的问题一样。"我想要什么?我真正想要的到底是什么?"心理医生回答:"你一直想要的,是自由。"

那天是星期六,他们清早便从特拉维夫出发了。她起床时,拉斐发来短信,问她今天打算带孩子们做什么,并建议他们一起去个地方。"去哪儿?"她回复。"去我小时候玩的田野。"他回答。他们的孩子都是男孩,相处得不错,经常走着走着就去踢球,或是爬上什么地方去了,只留下她和拉斐聊天。拉斐是舞蹈演员,三岁就开始在他母亲的舞蹈室里跳舞了。对他来说,一切从身体开始,由身体结束,而她则长期只关注自己的思想(又或是她自己这样觉得),直到她生了一个孩子,又生了一个孩子,完成了生理上的任务,并且不打算再生以后,她才完全进入自己的身体,最终真正做了自己身体的主人,并在三十五岁时开始跳舞。有时候,他们会说起这件事,有时候,他们也说他们之间的关系,或是他们对生活尚存的期待。男孩子们绕着操场疯跑,拉斐正是在这操场上失去了童男之身。他在这里的每个地方都做过爱,他告诉她——在那幢荒废的楼房里,在那间工棚后面,在那座长满草的干燥小山上。

后来,他们去了他小时候住的房子,男孩子们往口袋里塞满从树上摘下的红荔枝,他们被草丛里凶狠的蚂蚁咬得浑身是包。接着,大家开车去隔壁的阿拉伯小村吃午饭,却被卖鹰嘴豆泥的老板严厉指责,因为他们用人吃饭的碗给他们的狗倒水喝。他们试过塑料外卖餐盒,但那狗不要。

此时,他们正开车沿着公路往回走,她对拉斐说,这整整一周,总有人来跟她说一些令人难以置信的故事。她并不记得自己曾向他们打听这些最隐秘、最惊人的生活故事,但也许她是以自己的方式打听的,也许她的表情看起来就是想弄明白点什么事,一眼看上去很重大但转瞬即逝的事,永远不可能正面了解而只能通过传闻去了解的事。

从副驾的窗户向外望去,大海是绿松石色的。孩子们在笑着,或抱怨着。

"我跟你说过黎巴嫩车底下那只鸡的故事吧?"拉斐问。
"没有。"她说。要是他说了,她一定会记得的。

拉斐当过舞蹈演员,但从十八岁到二十三岁,他一直在以色列国防军侦察团服役,这是一支以士兵极限体能而著称的精英特种部队。在他的国家,要成为一个男人就必须成为一名士兵——从军是你长大成人的必经之路,不管你喜不喜欢,可没人说得出来,在这条路上你到底是从什么时候开始不再是个男孩的。是你第一次对着移动的靶子开枪的时候吗?是你第一次把敌人看作动物的时候吗?还是你第一次把敌人当作动物对待的时候呢?

和每个十八岁的青年一样,拉斐除了入伍,别无选择。但没人要求他必须接受痛苦的筛选过程进入特种部队,也没人要求他必须完成接下来一整年受虐狂式的训练,更没人要求他在服完了三年基本军役后还要当两年军官。只是,拉斐自己一直认为,他就应该进入特种部队,只有这样的部队才能将他推到身体和精神承受力的极限。他将成为一个动物,一个只靠直觉行动的纯粹的动物,就像侦察团徽章上的飞虎,佩戴它的特种兵在入伍仪式上都会收到这样一枚小小的金属徽章。

"你的面前会有一片荆棘,"拉斐告诉她,"你必须穿过去。为了穿过去,你的头脑需要不去想那有多痛。只想着穿过去,疼痛是无关紧要的。"还有饥饿周,在一周时间里,新兵必须七天不吃东西,也不睡觉。每天晚上,军官们还会在饥肠辘辘的新兵旁边烤肉吃。他们烤着牛排,享用大餐,对新兵们说:"来呀,你们怎么不跟我们一起吃呢?"如果有人屈服于自己的饥饿,真的去吃了,那他就完了:就这样,他失守了,他会在当天被送回普通步兵团。有一次,军官们拿出巧克力球。"只是一点小零食而已，"他们说，"我们一起吃。"数完一二三，士兵们把巧克力球放进嘴里一口咬下，结果却发现它们是羊屎粒。

他当然已准备好为国捐躯，拉斐告诉她。有为国牺牲的意愿是进入筛选范围的最基本要求，但在这个过程中，很多男孩或男人会发现，他们太害怕了，害怕到不敢牺牲，也不敢受苦，他们无法消解自己的恐惧，它会像一种气味，从他们皮肤的毛孔里渗透出来，而在被人发现的那一刻，他们立马就失去了入选的资格。直到后来，拉斐退伍了，恋爱了，他才看明白那种为国而死的心志、那种愿意去死也愿意去杀人的心理是多么怪异又荒谬。

后座上，几个男孩子安静下来：最大的孩子，也是唯一有手机的孩子把手机拿了出来，其他孩子都凑过去看。

2

那件事发生的时候，他已经是军官了，是在以色列占领了黎巴嫩南部的那几年里。他的小分队接到任务，要干掉黎巴嫩真主党在本地的头领。情报人员得知，每天早上六点半整，这位真主党头领会准时离家，坐上自己的车，他们收到的指令是给汽车引擎装上炸弹。拉斐的小分队有十五个人，他们坐直升机越过边境，降落在山地的隐蔽处。晚上十点，他们开始爬下山，爬过田地。整整四个小时，他们都在地上匍匐，最后终于爬到了小村。村里有一支联合国护卫队，这些和平的维护者还没有睡觉，还在大笑着，喝着酒，联合国的人总是很开心，拉斐说，对他们来说，这只是一次漫长的派对。小分队爬过联合国的帐篷，悄悄包围了真主党头领的家。作为小分队的长官，拉斐守在他家前门附近，就在他趴在地上、端着枪瞄准大门，而爆破专家消失在车底时，他突然发现了几双小孩的鞋。有三四双，排成一列，摆在门口，小小的塑料凉鞋，跟他和他的兄弟以前在农场上穿的凉鞋一模一样。没人提到过有孩子。可话说回来，他们为什么要提呢？孩子在军事行动和战争计划中毫无价值。在他将近五年的军旅生涯中，从没有人告诉他任何他不需要知道的事，他也从没有问过。关于平民，只有一个问题：如果你在执行任务时遇到了平民，你该怎么做？答案也只有三种选择：绑架他、杀死他，或者忽视他，没有一个答案是好的、正确的。拉斐对这些孩子一无所知，可现在，他们的凉鞋离他只有十米远，这让他心烦意乱。就在那一刻，他感觉到有人在他肩上轻轻敲了一下，他把目光从枪口准星上转开，看到了爆破专家的脸，跟他自己的脸一样，专家的脸上也涂着深绿色的颜料。专家朝他竖起大拇指：炸弹已就位，只等真主党头领脚踩油门的一瞬间就会爆炸。拉斐打着手势，让队员们撤退，他们又匍匐了四个小时，爬回山上的隐匿处，每个人都累得快要崩溃了。

  这时，快到真主党头领每天离家上车的时间了。一架无人机从头顶飞过，向他们传送着地面情况的模糊画面，六点二十分，队员们聚集在显示屏周围等待。屏幕上是他们在四个钟头前离开的房子，漆黑一片，悄无声息。一开始，时间到了六点二十八分，接着到了六点半，六点三十五分，什么也没有；六点四十五分，七点，七点十五分，仍然只有阴魂不散般的寂静。"他妈的怎么回事？"有人说，说了不止一次，可能有很多次。情报部门早说了，每天六点半，这位真主党头领都会准时走出家门，坐进自己的汽车，从无例外。到底发生了什么事？时间到了七点半，还是什么都没有。拉斐用无线电呼叫了北部司令部的将军。"拳击手呼叫北方林猫，完毕。发生什么事了？北方林猫请回答拳击手——"拉斐是反恐小队的长官，这个职位在对讲机里的代号一直都是"拳击手"——"北方林猫呼叫拳击手，待命，完毕。"接着，就在八点刚过的时候，房门打开了，头领全家人走了出来。

举着显示屏的拉斐突然觉得全身冰冷。在那模糊的画面中，父亲、母亲和三个孩子朝那辆车走去，打开车门，消失在了车里。炸弹的设置是只要转动钥匙、发动引擎就能启动，但只有脚把油门踩下一毫米的瞬间才能引爆。在那一毫米的动作中，整辆车和车上所有的人都将被炸得灰飞烟灭。车门关着，又过了片刻宁静，才传来转动钥匙、发动引擎的声音。"已启动。"对讲机那头传来确认的消息。

"接下来的几秒钟，我现在还记得，是我这辈子最漫长的几秒钟。"拉斐说，"我坐在那里看着，等待着，我陷入了完全的绝对的恐惧。一秒钟、两秒钟、五秒钟。十秒钟后，司机一侧的车门打开，真主党头领从车上下来，弯腰查看车底，扯出来一只鸡。"

一定是他家里养的鸡，得到了大家的关爱，所以有人上了车在离开前还要问它在哪里。鸡在哪儿呢——它应该还有名字——看，它没有跟别的鸡在一起！又或是，我刚刚看到那只鸡跑到车底下去了，它最讨厌我们出门了，它总是这样。又或是，在父亲踩下油门前的一瞬间，某个孩子在挤进后座时说了句什么，如果他轻轻踩下了油门，那他们都会在一眨眼间被炸飞。

"鸡出来了，"拉斐说，"接着，那家伙又弯下腰，再次查看车底，他站起身，让每个人都下车。所有的车门猛地打开，孩子们和妻子在混乱中出来了，大家都跑回屋里。我周围有很多士兵气得要命——一切努力都白费了，任务失败了，我们的长官气得七窍生烟。"

"那你呢？"她问，"你当时是什么心情？"

"说实话，"他说，"我不记得了。时间过去得越久，我就越觉得我必须知道我好像永远也不会知道的一些事：当时我如释重负了吗？我是否明白在那一瞬间，那只鸡其实也拯救了我，我是否连动物都不是而已经变成了一台机器。"

3

现在是傍晚，他们开着车，离"自由"越来越远，这一点拉斐和她都很清楚。结婚前，她交过一个又一个男朋友，结婚十年后，她离婚了，离婚后，她又跟一个比自己年轻的男人交往了很长时间。如今，二十年来头一次，她终于没有和任何男人在一起了。这种缺失一开始让她有些恐惧，她也说不清为什么。在这段梦魇般的阶段刚开始时，她曾和一个朋友见面共进午餐，朋友对她说："没有哪个女人不害怕被抛弃，无论她得到的爱有多少。"在很长一段时间里，她试图弄明白这句话的意思。那个朋友比她大很多，经历过女人几乎或完全无法独立自主的年代，是因为这样所以她才有那种看法吗？她自己想了想，其实除了性，男人能给她而她又真正需要的东西是很少的，就连性也很容易找到。经过了六个月的焦虑、持续失眠和抑郁后，她对孤独和对失去男人支持的恐惧感终于渐渐消退，被一种安静的愉悦所取代。

至于拉斐，他是在一年前和妻子共同决定开放他们持续了二十三年的婚姻关系的。他们的婚姻很美好，充满柔情蜜意，他们之间的激情一直没有变，可他们还是做出了那个决定，希望能有新的成长和发现。一开始，拉斐不确定自己是否还想找别的女人。他觉得自己可能跟父亲一样，生活的主要动力都来自配偶，也一直能对配偶保持绝对的忠诚。可后来，在国外的一处民宿，拉斐跟一个比自己小很多的韩国舞蹈演员上床了，他觉得自己爱上了她。后来，他又认识了一个泰国的舞蹈演员，被迷得晕头转向。等他回到家后，泰国女人在曼谷切断了与他的全部联系，痛苦的几周过去后，他又认识了一个非常年轻的法国女人，接着是两三个以色列女人。在此期间，他的妻子带着他们的孩子去了海边，孩子们带着狗在海浪中玩耍时，她认识了一个比自己小十五岁的男人，坠入了爱河。

拉斐和妻子一开始并没有设定任何规矩。给自由定规矩似乎与自由的本质背道而驰；要么是因为这个，要么就是因为他们压根儿就没有耐心再进行一次程序化的无聊会面来制定规矩了。然而，事实很快证明，规则的缺失带来了巨大的痛苦，虽然爱情可以是相互的、共享的，但痛苦却只会在彻底孤独时出现。

在接下来那段混乱的时间里，拉斐和他的妻子丹娜都经常给她打电话聊天。她听了双方的故事版本，可以说是两个完全不同的故事了，时间一周周过去，两人的故事也越来越不一致。她得时刻小心，不要在拉斐面前说漏了丹娜告诉她的秘密，也不要在丹娜面前说漏了拉斐告诉她的秘密。随着他们的故事相差得越来越远，双方的痛苦和愤怒也越来越多，这件事就变得越来越棘手，越来越令人疲于应付。

丹娜和那个年轻人在一起五个月。在那些日日夜夜中，她跟他做完爱后还会回到自己的公寓，她总是时不时查看手机上有没有他发来的短信，这让拉斐几乎无法容忍。他总会坐在阳台上抽烟，阳台周围全是枯萎焦黄的盆栽，它们没能在以色列的艳阳中存活下来。有时候，他会听听大海的声音；有时候，他会发现自己在大声自言自语。那个年轻的男朋友能给她什么他给不了的呢？他这辈子一直是个舞蹈演员，他总觉得一切从身体开始，由身体终结；可丹娜是演员，还是编剧，她的语言流畅而敏捷，就像她的身体动作一样，他在语言的领域中总是追不上她。她的那个男朋友能追上吗？拉斐在新的身体中体验到了足够的欢愉，他知道那有多令人兴奋，这些他不需要想象。可他还是忍不住想象。他想着想着就快发疯了，最后，他再也忍受不了痛苦，终于崩溃了，他请求丹娜结束和男朋友的关系，但两天后，他又改变了主意。他意识到，如果她是因为他的请求才结束的话，那这就意味着他们的尝试也结束了，他不再是开始尝试前的那个人了。换句话说，他不需要再好奇自己生活的主要动力是不是来自跟他结婚的女人了。他在不断发现自己真实的一面，他对自己的认知在扩展，不管眼睁睁看着身边的妻子去享受自由有多痛苦，他也不想失去自己新的自由。

可他决定得太迟了。在此期间，丹娜认真考虑了这件事给他带来的痛苦，她不想毁掉他们的婚姻和家庭，于是，她对男朋友说要结束。男朋友也同意了：男朋友也无法承受了。他还想要孩子，但他又爱上了丹娜，他想找一个能共同生活的女人，一个跟他年龄相当、还不是别人妻子的女人。丹娜心碎了，当她发现他马上又开始跟一个瑜伽教练约会时，她更心碎了。她密切关注着他在网上发布的动态，她说得出来他做的哪些事是常规之外的。如果她给他发短信，她就等着看那条短信要过多久才会显示出已读的蓝色勾号，如果勾号一直是表示未读的灰色，她就很痛苦，如果勾号变蓝了，哪怕他没有回复，她也知道他还在想她。丹娜怀念着有关他的一切，可最最怀念的，是跟他在一起的性爱体验。

在那段时间里，丹娜经常跟她聊天说起男朋友那个部位的巨大尺寸，一连说了好几个星期，甚至好几个月，最后，她不得不对丹娜说，她再也听不下去了。但她明白，它其实已经成了丹娜想要或需要的很多东西的一种替代品，只是不管怎样，她发现她仍然很难与丹娜的痴迷产生共鸣，因为根据她的经验，巨大的阳具并不总能带来最舒服的体验，尤其是当家里已经有一根还不错的阳具，让你享用了二十三年，而且它的主人还是你经历了种种世事仍然爱着的人。对这个观点，丹娜回答："等你有了全新的体验，再去看原本以为的幸福，会发现它其实根本不是幸福，只是因为你没有见识过更好的，所以对自己说那就是幸福。""可我们很难见识到更好的呀，"她对丹娜说，"我们只知道不同的，因为我们对过去的记忆必须随时调整，以跟我们的故事保持一致。"对这个观点，丹娜表示赞同，但无力付诸实践。

就在她禁止丹娜再谈论她男朋友阳具的那段时间，丹娜在和拉斐的一次激烈的争吵中，终于说漏了嘴。她说了这件事，而说出去的话如同泼出去的水，是不可能收回的。从那以后，丹娜说，他们之间的争吵变得更激烈了，在他们漫长的婚姻关系中，平等的假象第一次被打破。一直以来，拉斐负责挣钱，丹娜是不挣钱的，此时，钱从一个简单维持生活的东西变成了权力的来源，因为拉斐会不放过任何一个机会地提醒她，她是依靠他的，他整天工作，而她只是在家试着写写剧本而已。很快，丹娜就感觉到，这次开放式婚姻的尝试只带来了痛苦和困惑，他们所获得的成长也只带来了苦难。

另一方面，那段时间，在她和拉斐的多次交流中，拉斐从来没有提到过别的女人的身体、暴力或金钱。他只说，在他的记忆中，自他和丹娜结婚以来，他一直是那个给予更多的人。他给得最轻松、最心甘情愿，可他已经累了。他希望他们之间的交换能更平等。虽然他嘴上说着想要平等的给予与接受，但他又从未放弃说要自由。在涉及妥协与限制的一段关系中，一个人首先担心的是另一个人如何对待自己，如何看重自己，而另一个人担心的却是这个体系是否会被毁灭或超越，担心在这个体系之外，自己会进入一个无人问津的真空地带，毫无防备地站在那里，得不到对方承诺的任何东西，也没有实现对对方的任何承诺。在越来越明亮清晰的目光中，这个体系还将不断延续，直至世界尽头。

童年

我的儿子们坐在车后座上，炎热的天气和漫长的白昼让他们精疲力尽，他们把头往后仰着，用玻璃般透亮的眼睛盯着窗外飞闪而过的大海，他们要么是在驶离自由，要么是在驶向自由。我经历了人生失败的几个月的艰难时光——在那期间，他们担忧地看着我，很想知道我睡得好不好，我的心情怎么样，他们不想离开我，只想知道我的痛苦挣扎会不会结束。此时，他们终于又恢复到无忧无虑的状态：快乐的、有人照顾的盛夏时光。

我觉得，我对他们的了解可以算是我永久拥有的一种财富，其中只有很小一部分能用语言表达。而那部分正是我们应该做的，不是吗？我们应该成为见证者，应该能从最开始复述出我们孩子的人生故事，不是吗？我们应该能说出他们到底是在什么时候、在什么地方被孕育出来的，老大是怎么更喜欢待在子宫的右边，对左边毫无兴趣，又是怎么用膝盖或拳头在我肚子里拳打脚踢的；老二是怎么带着哲学家般愁眉苦脸的表情来到这个世界的，那表情中甚至还带着一丝质疑，但他绝对是愿意降生的，而他肩膀上的一层绒毛后来又是怎么脱落的。我给他们讲过很多次他们出生的故事，可后来，从某个时间开始，情况发生了变化，他们开始坚持让我成为这些故事的主人公，而不是他们。现在他们想听的是，我费了多大的劲才把他们生出来，我是如何拒绝使用任何止痛剂的，因为我想在生产过程中能随时站立、走动或翻腾，尽一切可能让他们快点出生。他们还想听我忍受了多少痛苦——听了一遍又一遍，我能描述得出来吗？我能拿它和什么做比较呢？我觉得，他们喜欢听的是我用了多大力气才把他们带到这个世界上，而我，他们的母亲，做到了。又或者，他们想要的只是再次庆祝褪了色的陈年往事，因为那时候还没有人需要他们的保护，他们自己还是被照料和保护的对象。

两个孩子出生时都是大块头，现在却身材苗条，他们从头顶脱掉 T 恤时，胸前的肋骨清晰可见。我对他们身上的骨架了如指掌，对他们的皮肤了如指掌，对每一个痣的具体位置以及开始出现的时间了如指掌，对每一处伤疤和它们的由来也了如指掌；我知道他们头上的头发是朝哪个方向长的，知道他们晚上睡觉和早上起床时身上的气味，知道他们长成现在这个样子前经历过的每一个阶段的面貌。我当然都知道。当大儿子担心自己太瘦弱时，我告诉他，我弟弟年轻时也是这样，后来他发生了变化——变化到来得毫无预兆，就像突然降临的狂风骤雨，应该是某个人在某个地方暗暗祈祷着它的出现吧。我告诉他，他们的身体里有瘦的基因，柴火棍儿一样的胳膊、窄窄的细腰和凸出的肋骨就像一个古老的故事，是刻在他们身体里的。但迟早，这种瘦小的外表会被更强大的力量改写，而他们现在男孩的模样也会消失不见，被即将长成的男人的面貌所掩盖。

"你的弟弟？"他一边问，一边努力想象着。他见过我弟弟一次，但只有一次，而且那一次正好是他怒不可遏的时候，他把我从房间的一头推到另一头，挥舞着拳头威胁我。

小儿子还小，还不到渴望恋爱的年龄。他被爱环绕着，目前这对他来说就足够了。大儿子已开始渴望爱情，可他的身体还没有赶上他的节奏。在这一点上，他仍然可以跟我开玩笑。现在，身体的欲望和结构还可以是开玩笑的话题，但日子一个月一个月地过去，有些东西在背后悄悄隐现，越来越大。他等待着变化，他看到他的朋友们已经出现了那些变化，担心它们永远不会发生在自己身上,担心自己永远不会有其他人那样的欲望。

那就像是一个开关,儿子的朋友们告诉我:有一天它打开了,从那以后,一切都将永远改变,这扇门从这边关上,从那边打开了,就是这样。另一个朋友,是个男的,说他小时候一直喜欢安静地看书,可突然,从某个月开始,他变得脾气暴躁、乱扔椅子了。这一点让大儿子也颇为担忧:他担心自己不再是一直以来的模样,担心自己失去敏感体贴的心思,而这一点是每个爱他的人都很珍视的,他担心自己会变得暴力。我和他吻别互道晚安时,他缩成一团,依偎在我怀里,用紧张的语气告诉我,他想一直当个小孩,他不想要任何改变。可他已经不再是个小孩了。他站在海岸和无边无际的大海间,而他们都说那海水还在不断上涨。

我们都需要一些夸张的经历来
证明自己充实地活着，
这很荒谬，
但也很真实。

如果他有过选择的机会，
他会成为什么样的人？